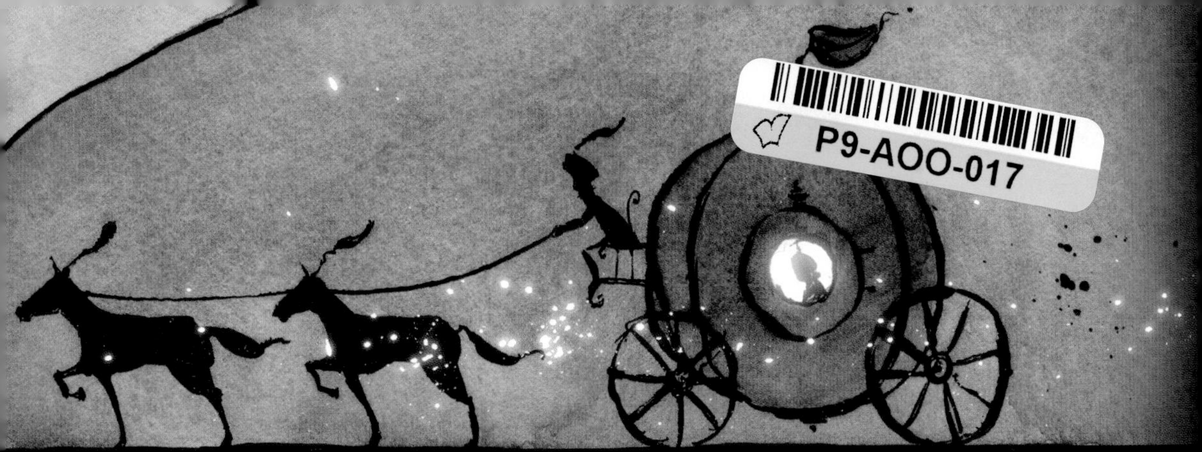

Cenicienta

La Novela Gráfica

contada por Beth Bracken ilustrada por Jeffrey Stewart Timmins

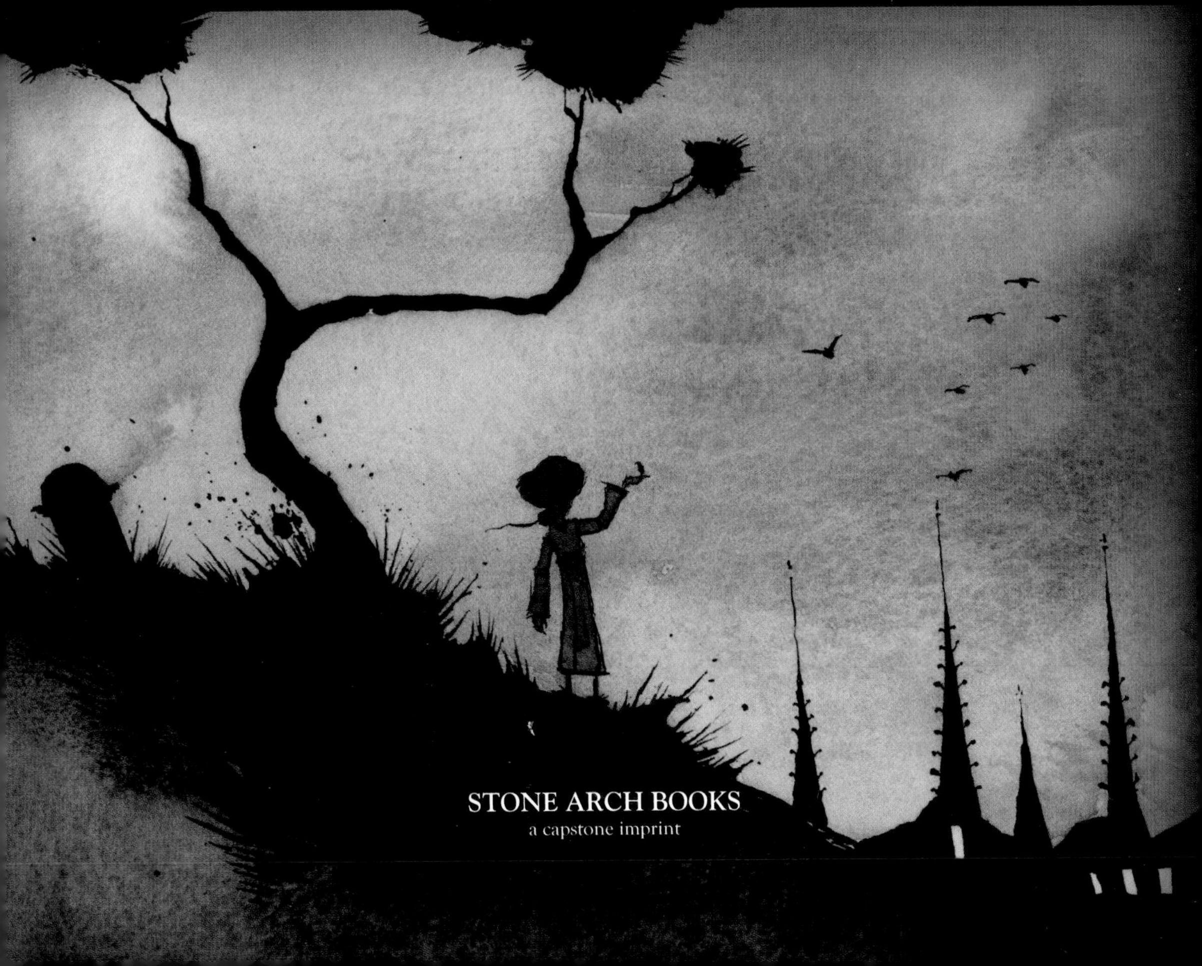

STONE ARCH BOOKS
a capstone imprint

Graphic Spin es publicado por Stone Arch Books
A Capstone Imprint
1710 Roe Crest Drive
North Mankato, Minnesota 56003
www.capstonepub.com

Impreso en los Estados Unidos de América, North Mankato, Minnesota.
062017
010595R

Library of Congress Cataloging-in-Publication Data
Bracken, Beth.
 [Cinderella. Spanish]
 Cenicienta : la novela grafica / retold by Beth Bracken ; illustrated by Jeffrey Stewart Timmins.
   p. cm. -- (Graphic spin en Español)
  ISBN 978-1-4342-1900-8 (library binding) -- ISBN 978-1-4342-2270-1 (pbk.)
 1. Graphic novels. [1. Graphic novels. 2. Fairy tales. 3. Folklore. 4. Spanish language materials.] I. Timmins, Jeffrey Stewart, ill. II. Cinderella. Spanish. III. Title.
 PZ74.B82 2010
 741.5'973--dc22   2009037289

Resumen: La malvada madrastra de Cenicienta no le permite asistir al baile, pero con un poco de ayuda de un hada madrina logrará llegar a la fiesta con mucho estilo. De cualquier modo, no todo es tan sencillo como parece: a medianoche, su vestido mágico se convertirá otra vez en un sucio harapo.

Dirección artística: Heather Kindseth
Diseño gráfico: Kay Fraser
Producción: Michelle Biedscheid
Traducción : María Luisa Feely bajo la
          dirección de Redactores en Red

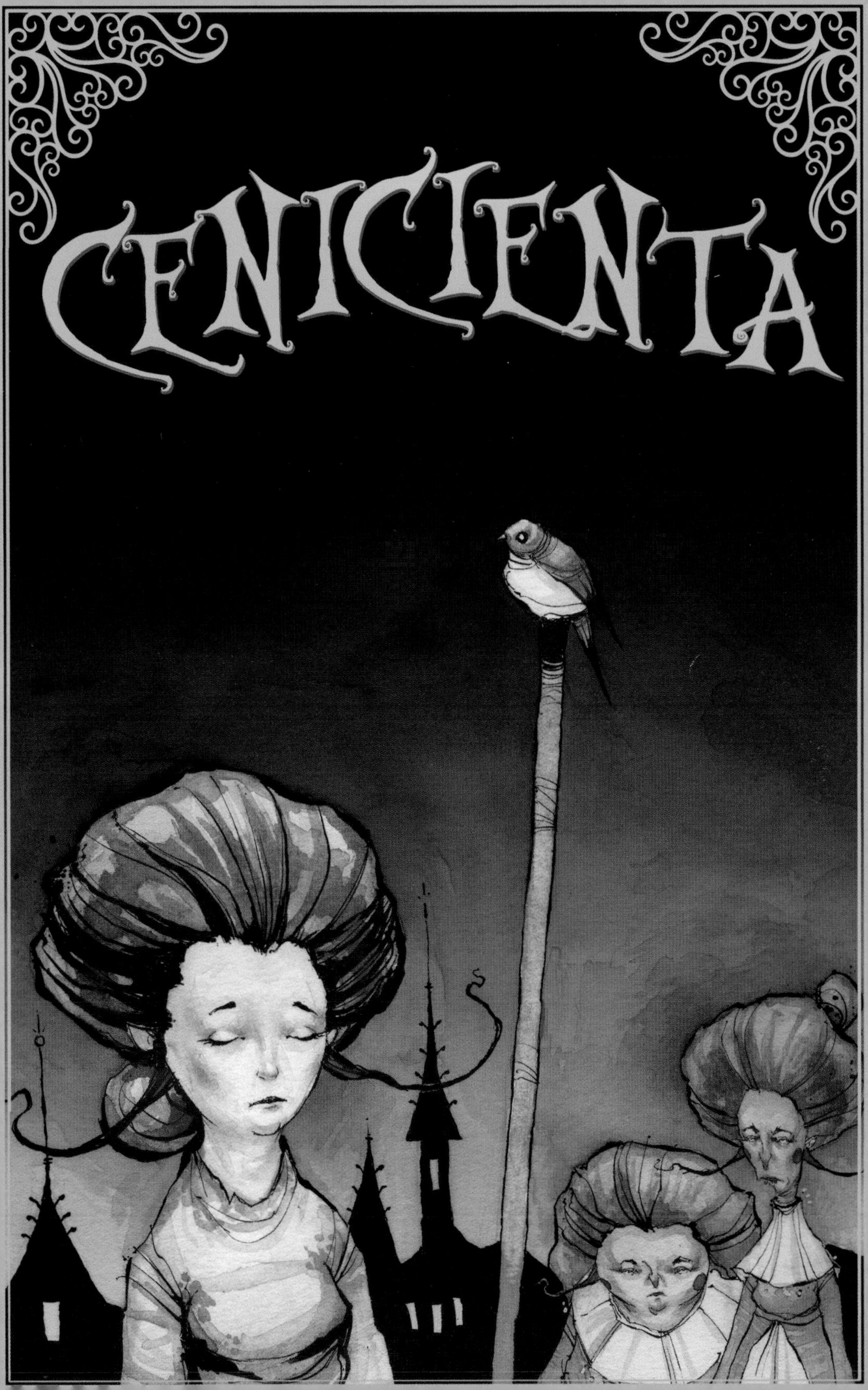
CENICIENTA

PERSONAJES

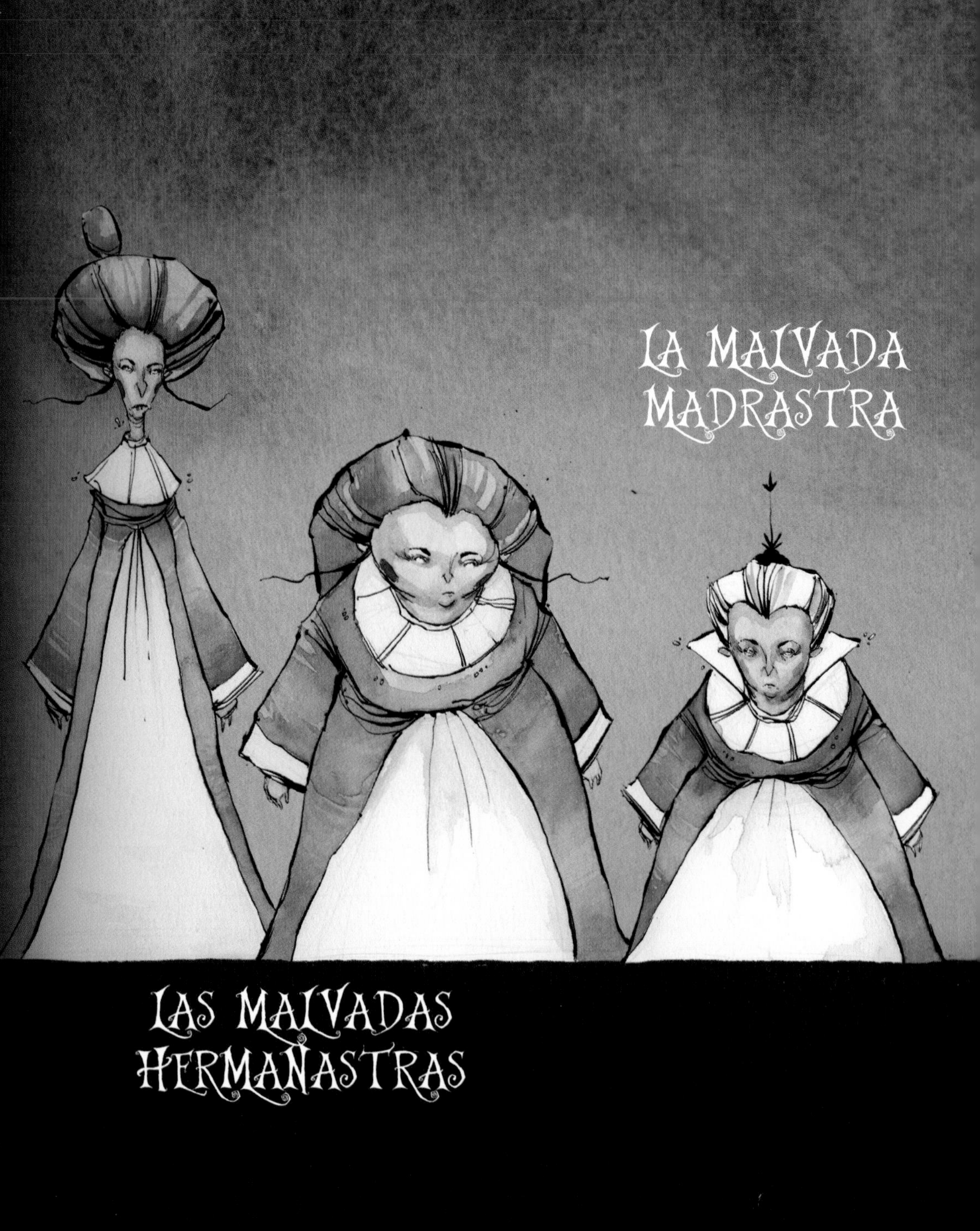
LA MALVADA MADRASTRA
LAS MALVADAS HERMANASTRAS

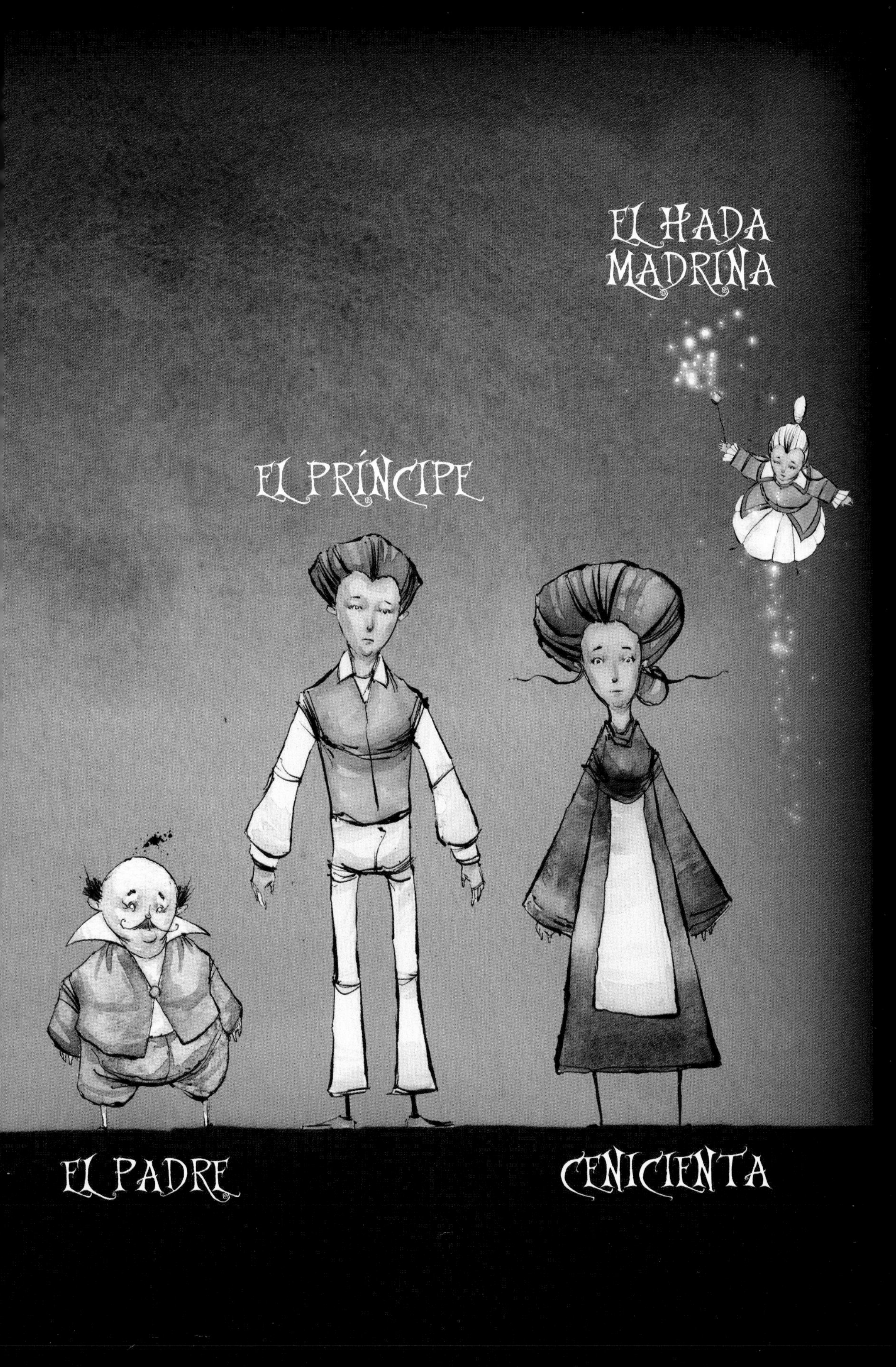
EL HADA MADRINA
EL PRÍNCIPE
EL PADRE
CENICIENTA

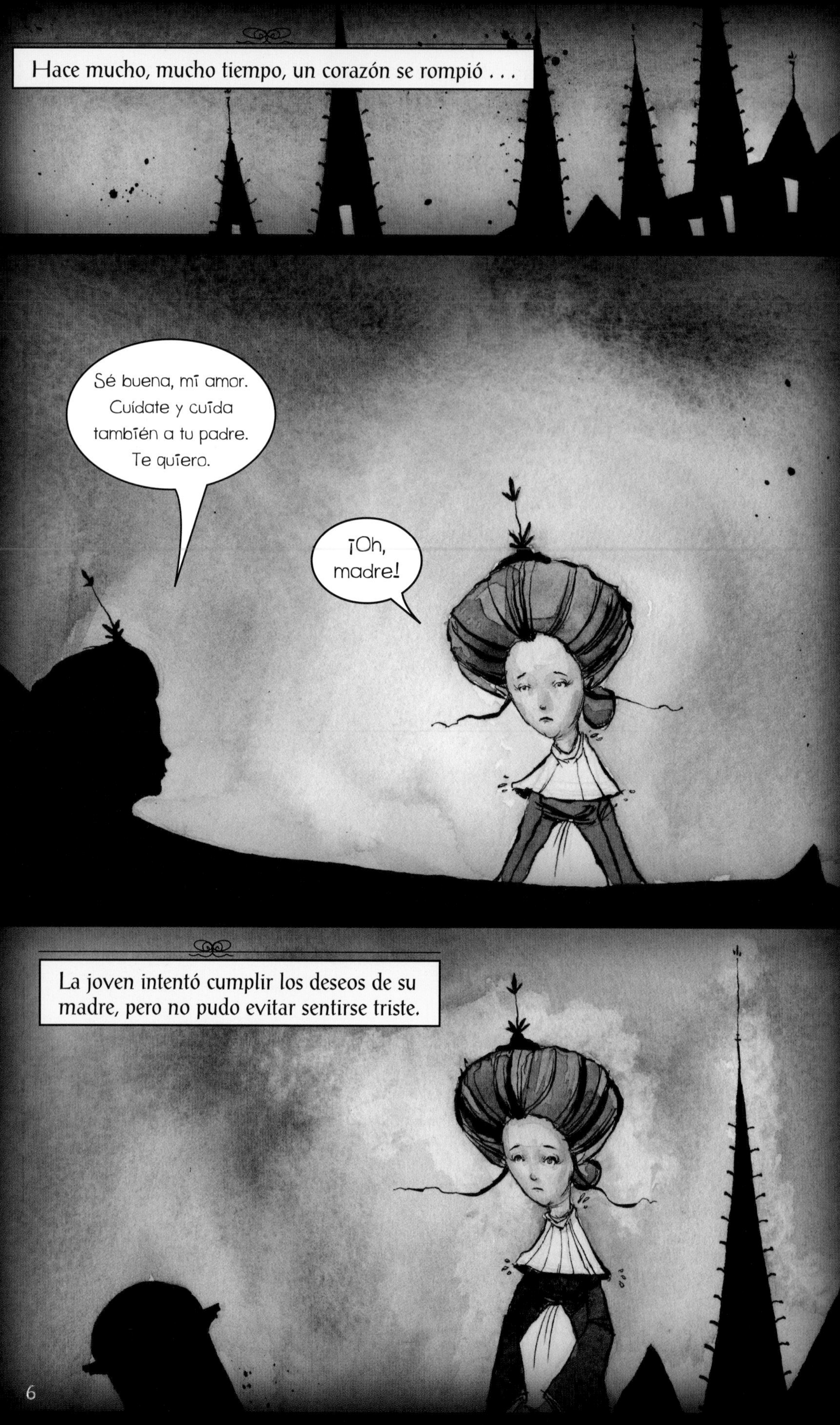
Hace mucho, mucho tiempo, un corazón se rompió . . .
Sé buena, mi amor. Cuídate y cuida también a tu padre. Te quiero.
¡Oh, madre!
La joven intentó cumplir los deseos de su madre, pero no pudo evitar sentirse triste.

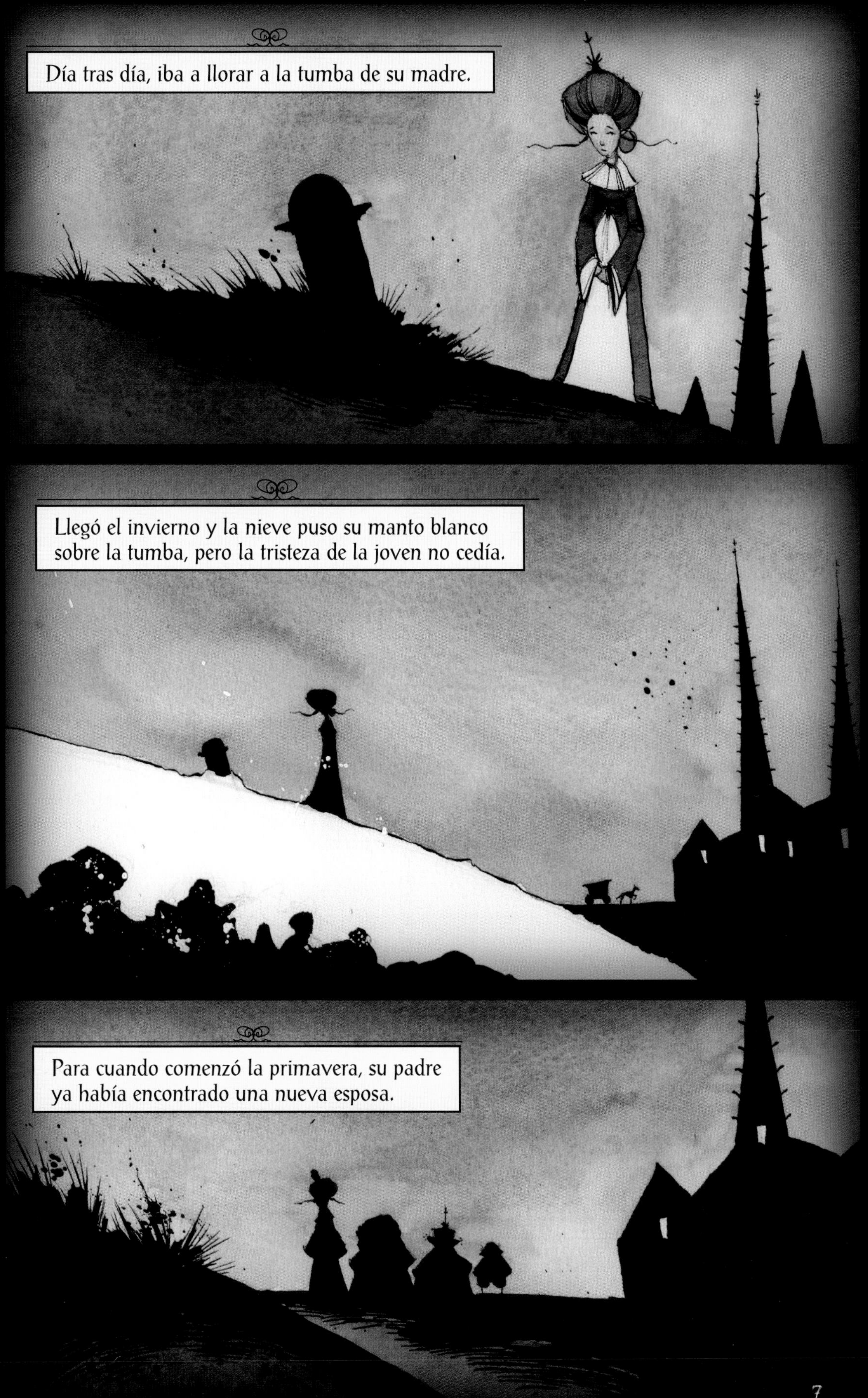
Día tras día, iba a llorar a la tumba de su madre.
Llegó el invierno y la nieve puso su manto blanco sobre la tumba, pero la tristeza de la joven no cedía.
Para cuando comenzó la primavera, su padre ya había encontrado una nueva esposa.

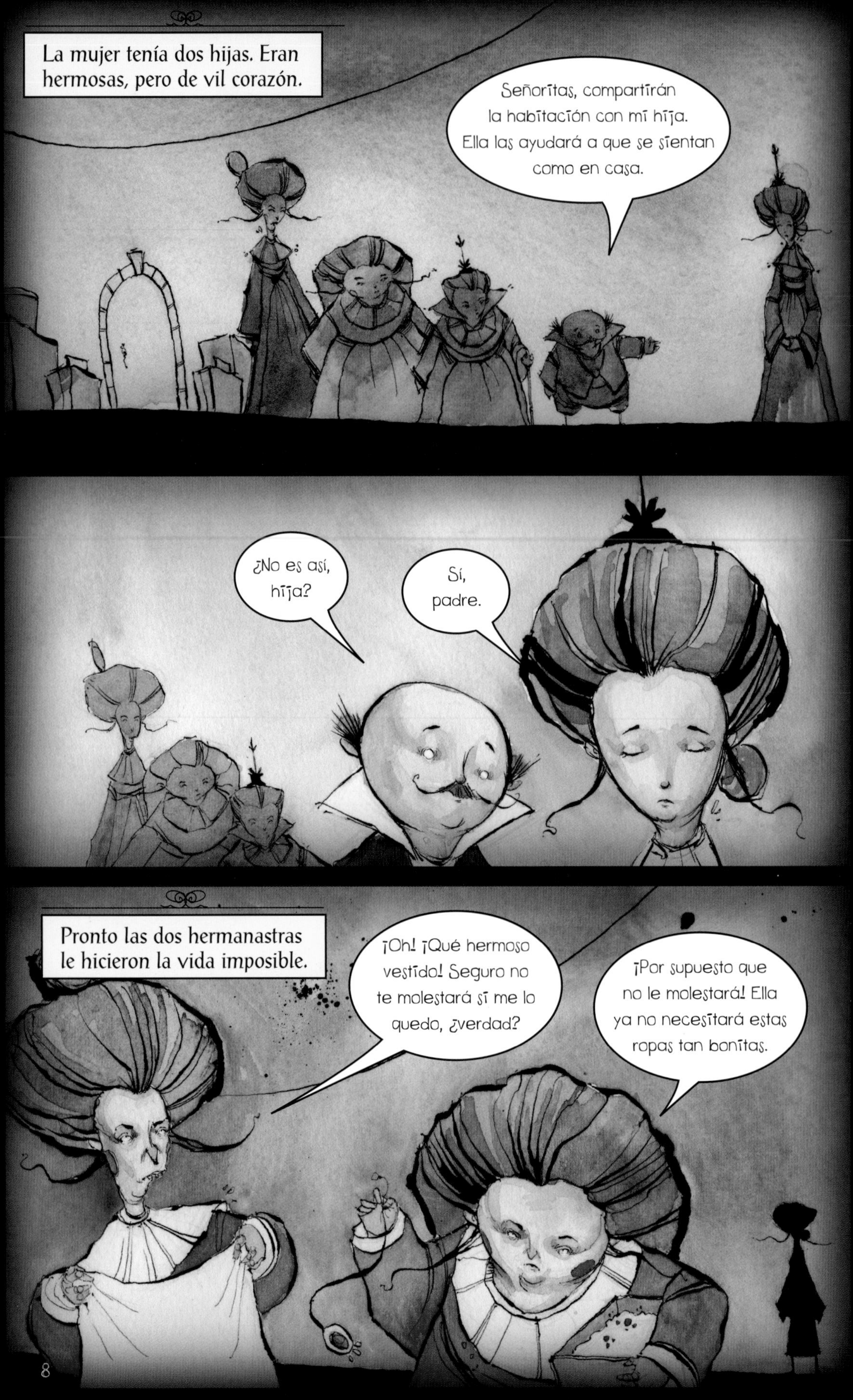

La mujer tenía dos hijas. Eran hermosas, pero de vil corazón.
Señoritas, compartirán la habitación con mi hija. Ella las ayudará a que se sientan como en casa.
¿No es así, hija?
Sí, padre.
Pronto las dos hermanastras le hicieron la vida imposible.
¡Oh! ¡Qué hermoso vestido! Seguro no te molestará si me lo quedo, ¿verdad?
¡Por supuesto que no le molestará! Ella ya no necesitará estas ropas tan bonitas.

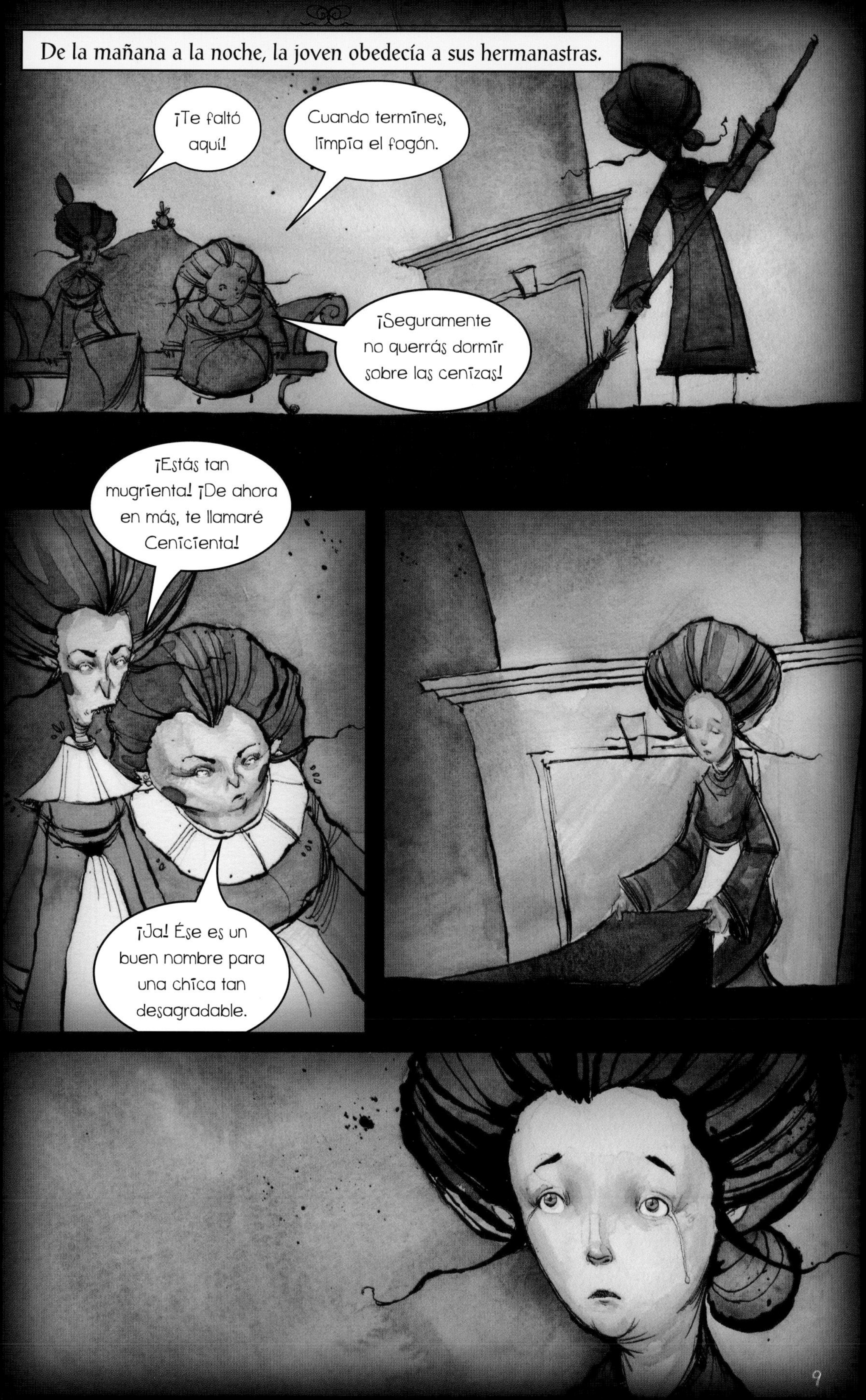
De la mañana a la noche, la joven obedecía a sus hermanastras.
¡Te faltó aquí!
Cuando termines, limpia el fogón.
¡Seguramente no querrás dormir sobre las cenizas!
¡Estás tan mugrienta! ¡De ahora en más, te llamaré Cenicienta!
¡Ja! Ése es un buen nombre para una chica tan desagradable.

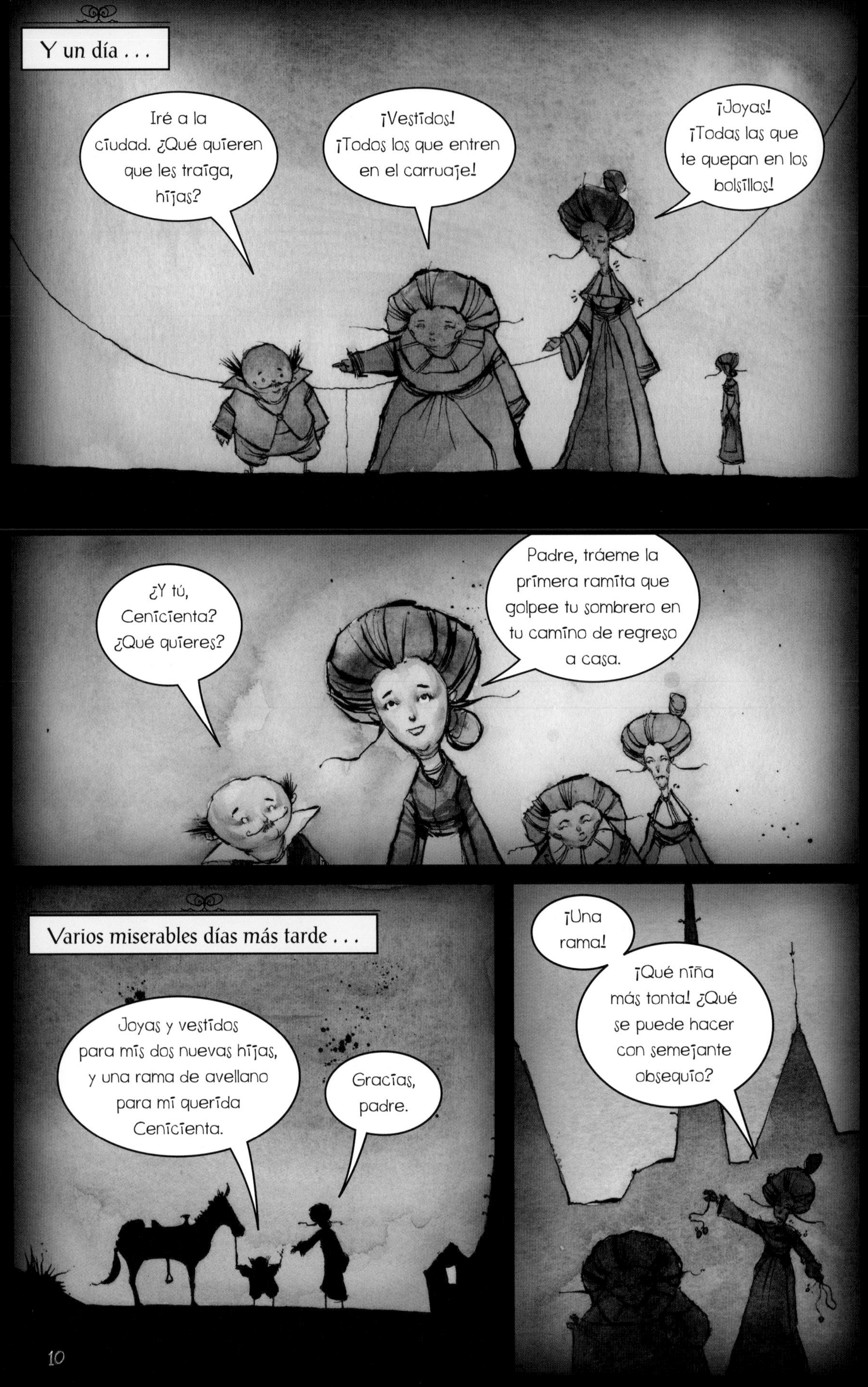
Y un día . . .
Iré a la ciudad. ¿Qué quieren que les traiga, hijas?
¡Vestidos! ¡Todos los que entren en el carruaje!
¡Joyas! ¡Todas las que te quepan en los bolsillos!
¿Y tú, Cenicienta? ¿Qué quieres?
Padre, tráeme la primera ramita que golpee tu sombrero en tu camino de regreso a casa.
Varios miserables días más tarde . . .
Joyas y vestidos para mis dos nuevas hijas, y una rama de avellano para mi querida Cenicienta.
Gracias, padre.
¡Una rama!
¡Qué niña más tonta! ¿Qué se puede hacer con semejante obsequio?

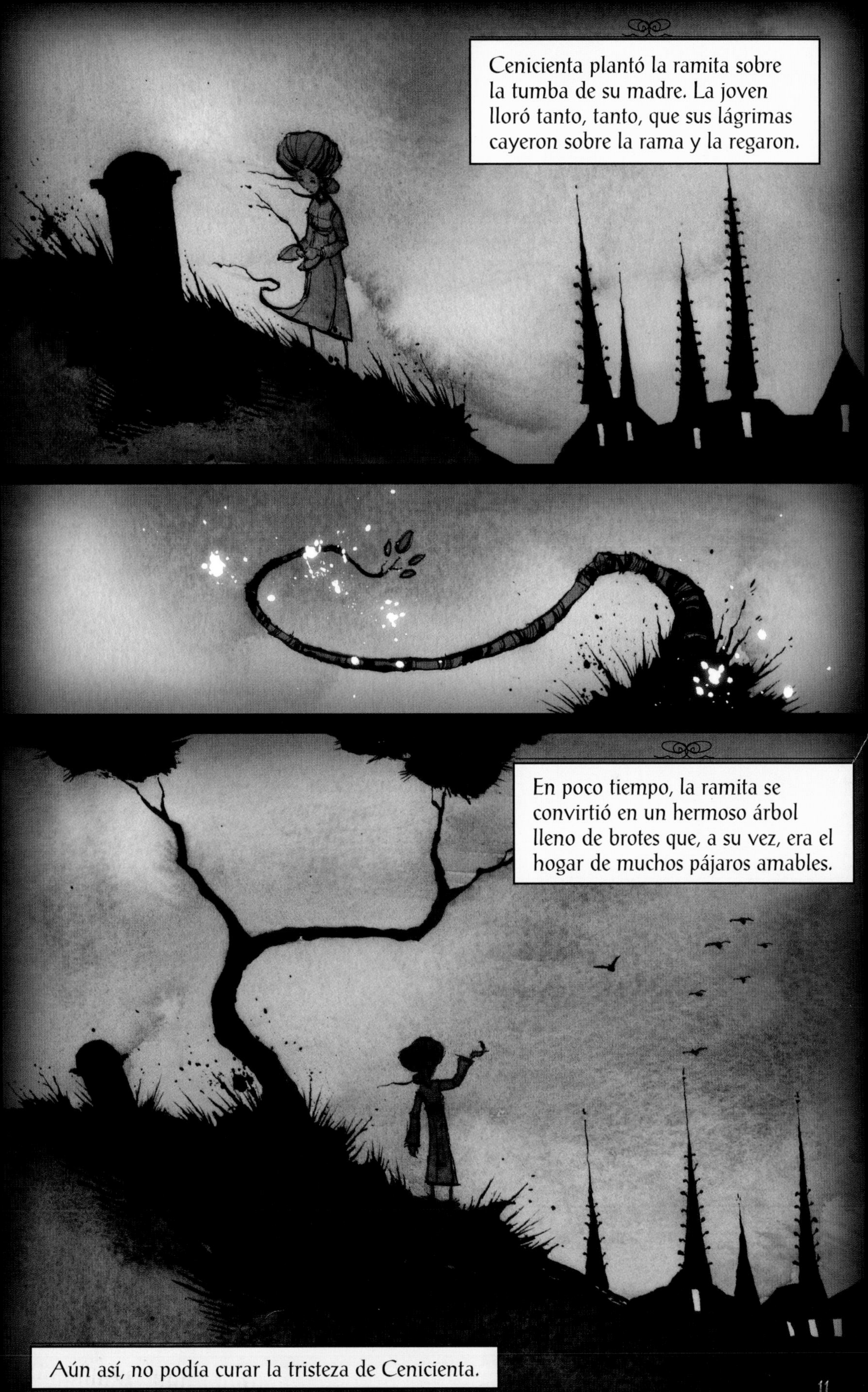
Cenicienta plantó la ramita sobre la tumba de su madre. La joven lloró tanto, tanto, que sus lágrimas cayeron sobre la rama y la regaron.
En poco tiempo, la ramita se convirtió en un hermoso árbol lleno de brotes que, a su vez, era el hogar de muchos pájaros amables.
Aún así, no podía curar la tristeza de Cenicienta.

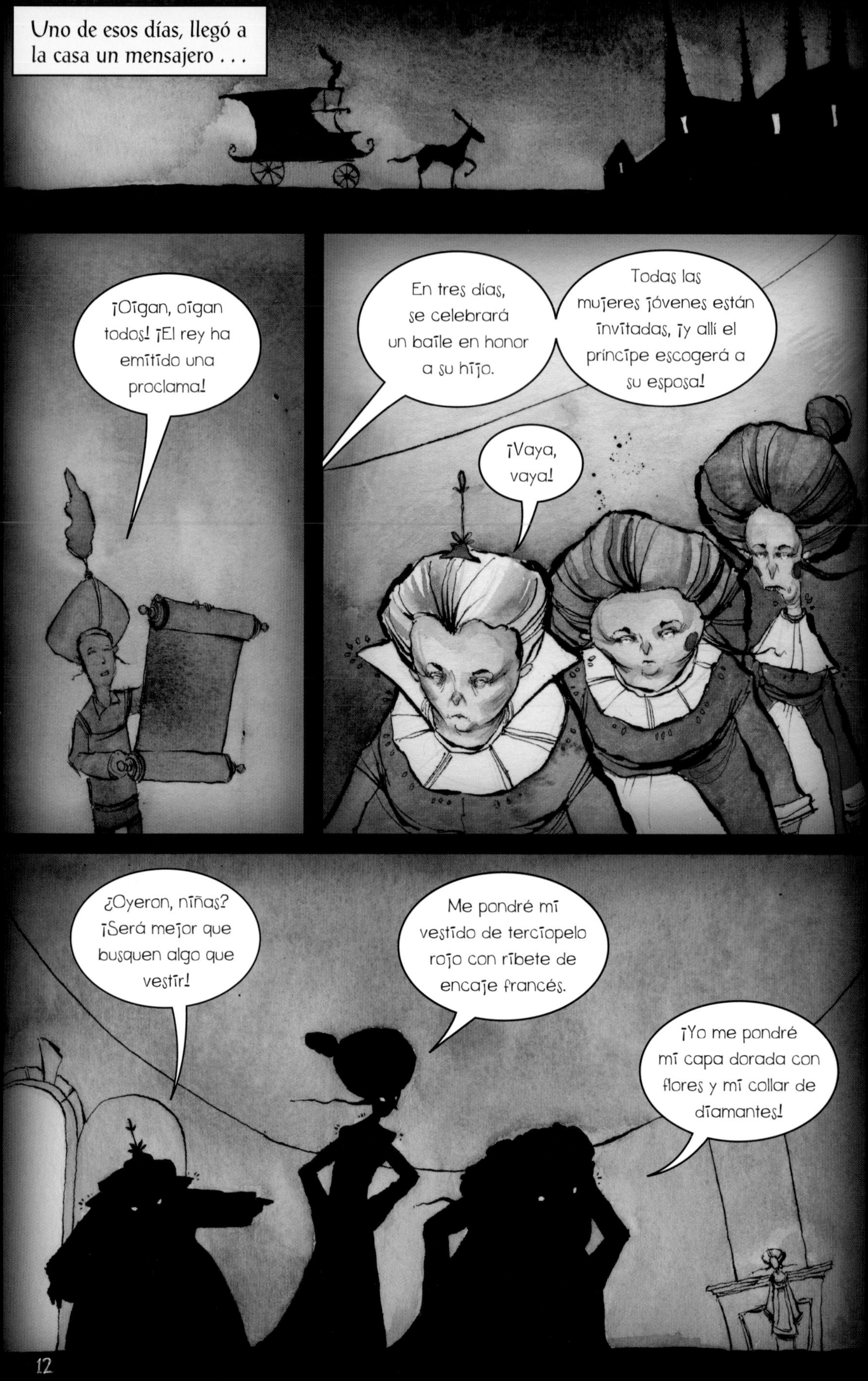
Uno de esos días, llegó a la casa un mensajero . . .
¡Oigan, oigan todos! ¡El rey ha emitido una proclama!
En tres días, se celebrará un baile en honor a su hijo.
Todas las mujeres jóvenes están invitadas, ¡y allí el príncipe escogerá a su esposa!
¡Vaya, vaya!
¿Oyeron, niñas? ¡Será mejor que busquen algo que vestir!
Me pondré mi vestido de terciopelo rojo con ribete de encaje francés.
¡Yo me pondré mi capa dorada con flores y mi collar de diamantes!

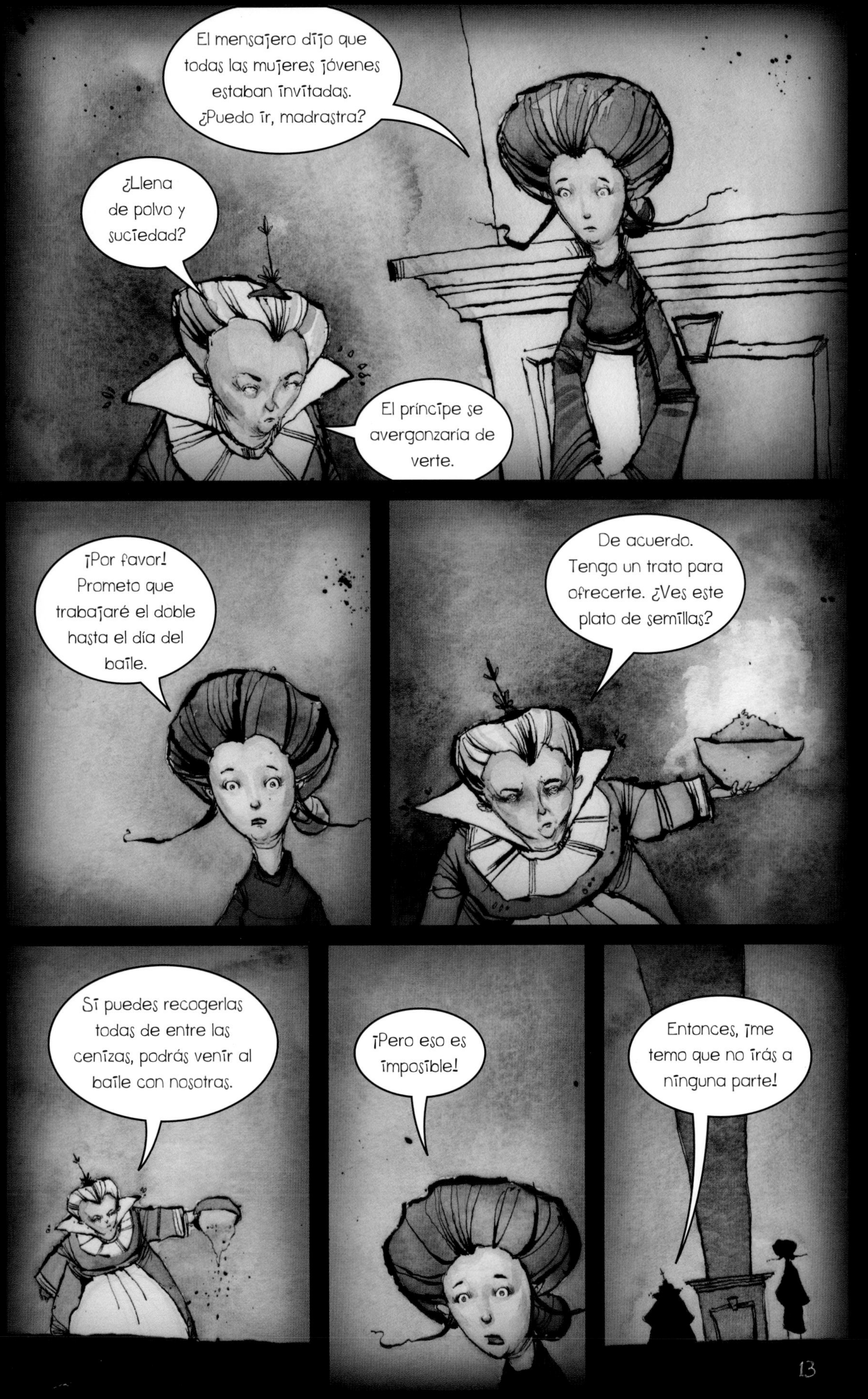
El mensajero dijo que todas las mujeres jóvenes estaban invitadas. ¿Puedo ir, madrastra?
¿Llena de polvo y suciedad?
El príncipe se avergonzaría de verte.
¡Por favor! Prometo que trabajaré el doble hasta el día del baile.
De acuerdo. Tengo un trato para ofrecerte. ¿Ves este plato de semillas?
Si puedes recogerlas todas de entre las cenizas, podrás venir al baile con nosotras.
¡Pero eso es imposible!
Entonces, ¡me temo que no irás a ninguna parte!

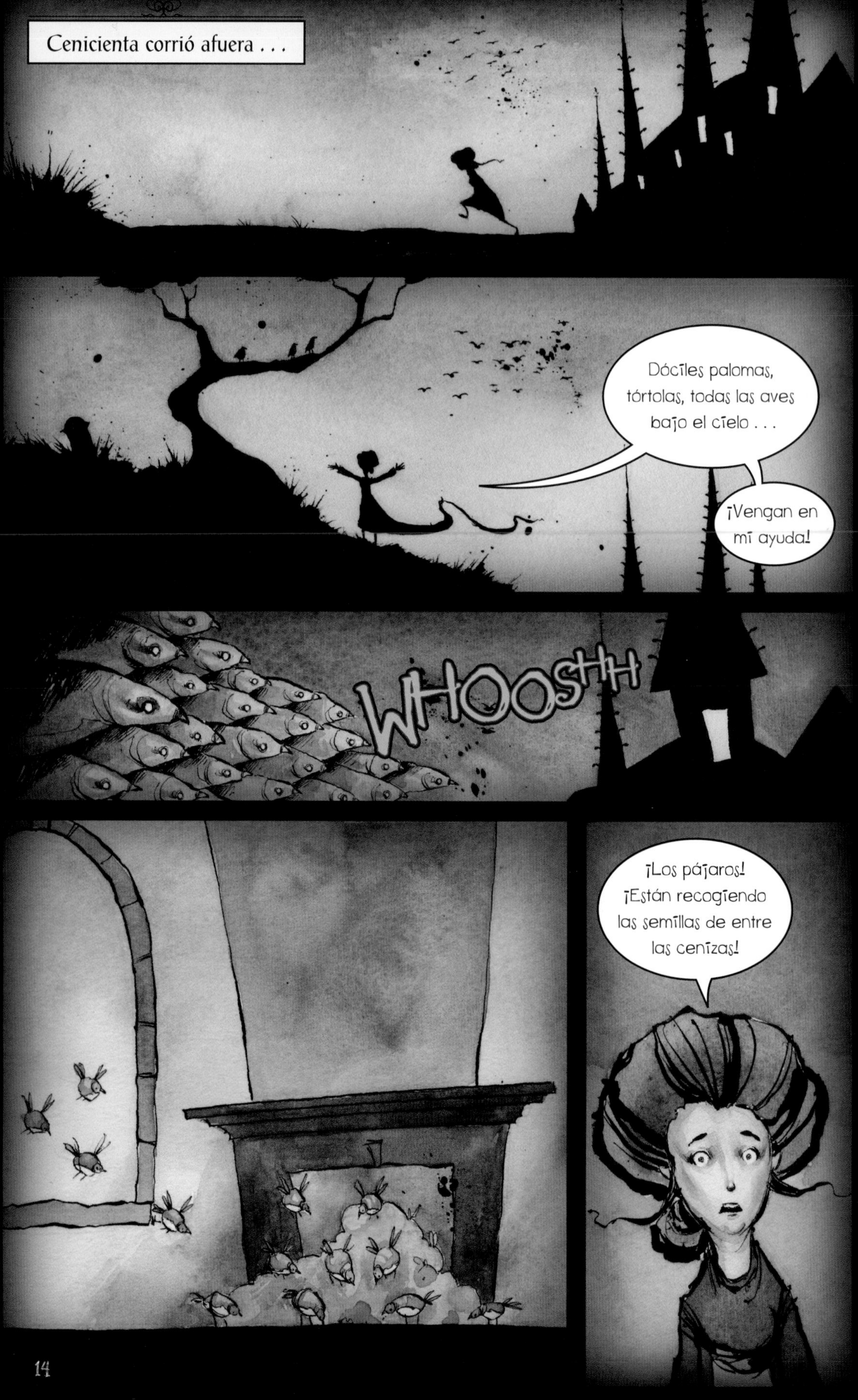
Cenicienta corrió afuera . . .
Dóciles palomas, tórtolas, todas las aves bajo el cielo . . .
¡Vengan en mi ayuda!
WHOOSHH
¡Los pájaros! ¡Están recogiendo las semillas de entre las cenizas!

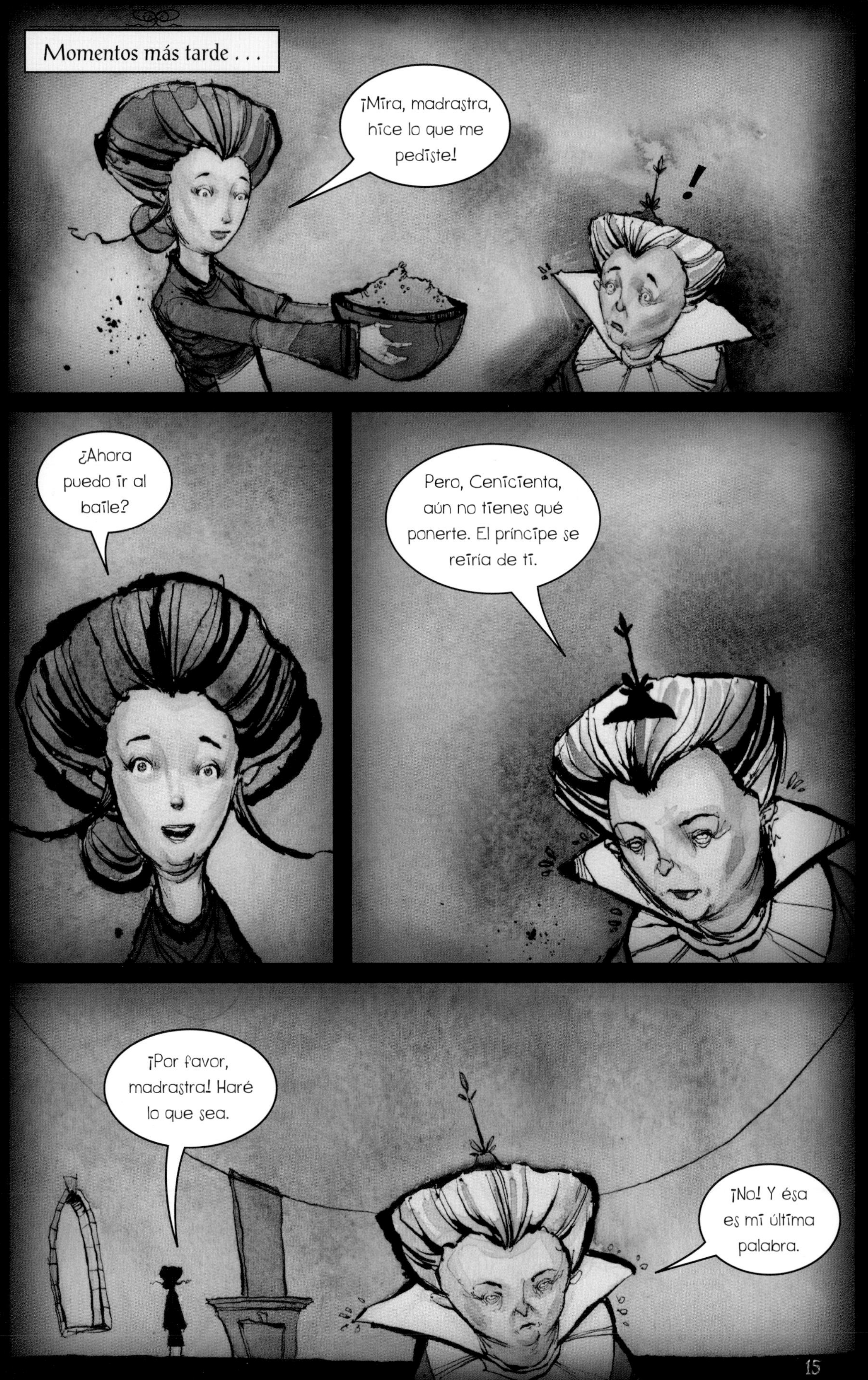

Momentos más tarde . . .
¡Mira, madrastra, hice lo que me pediste!
!
¿Ahora puedo ir al baile?
Pero, Cenicienta, aún no tienes qué ponerte. El príncipe se reiría de ti.
¡Por favor, madrastra! Haré lo que sea.
¡No! Y ésa es mi última palabra.

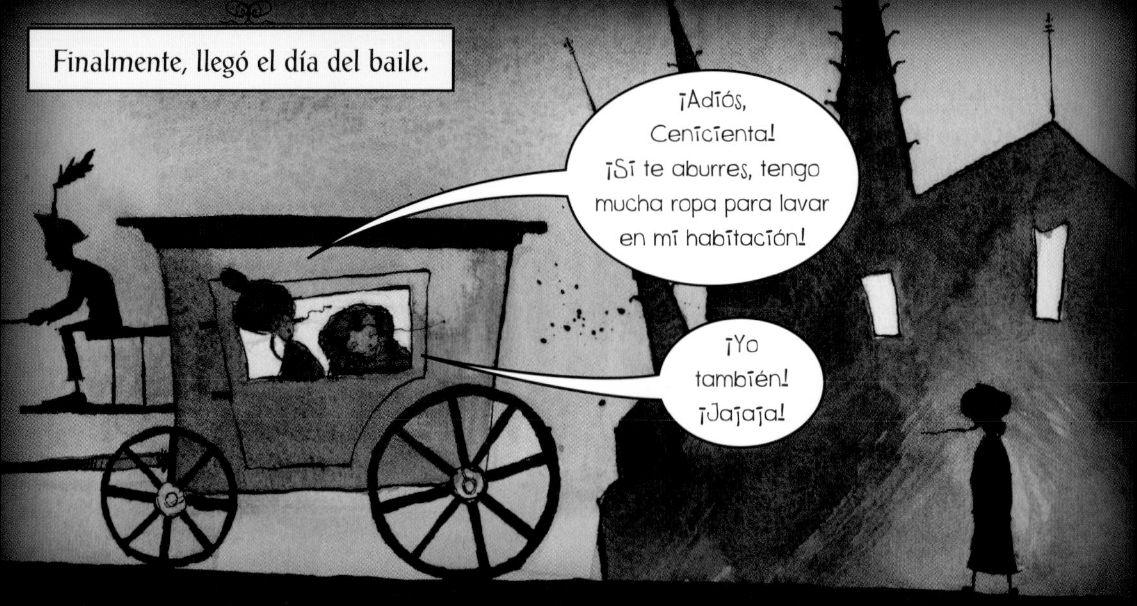
Finalmente, llegó el día del baile.
¡Adiós, Cenicienta! ¡Si te aburres, tengo mucha ropa para lavar en mi habitación!
¡Yo también! ¡Jajaja!

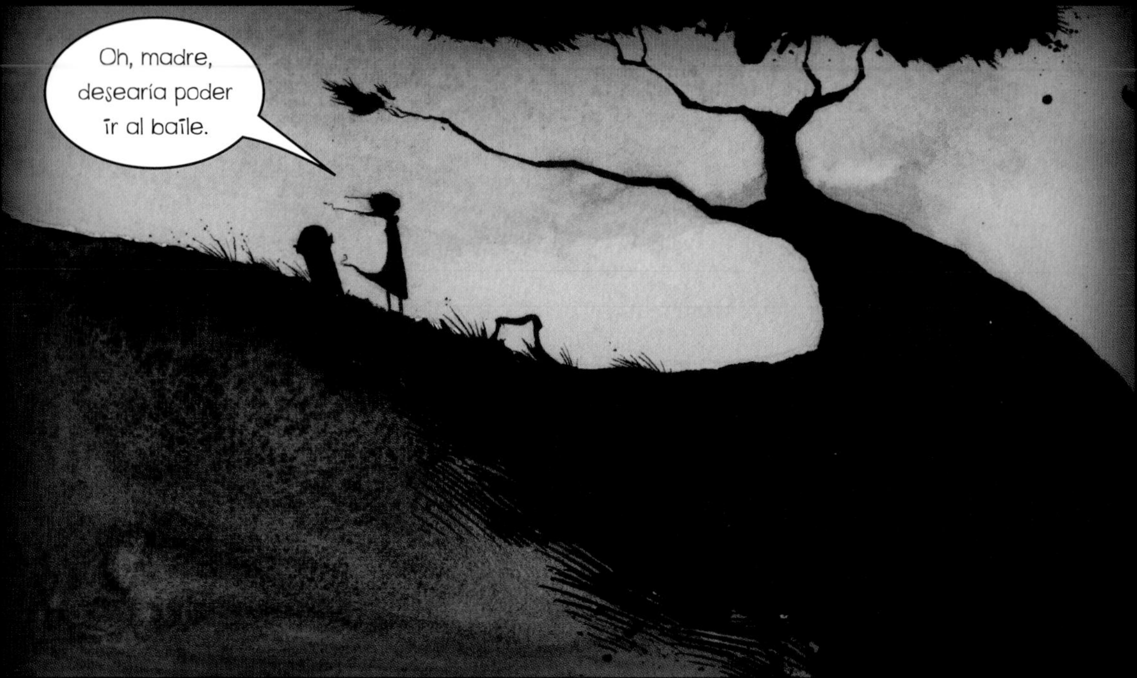
Oh, madre, desearía poder ir al baile.

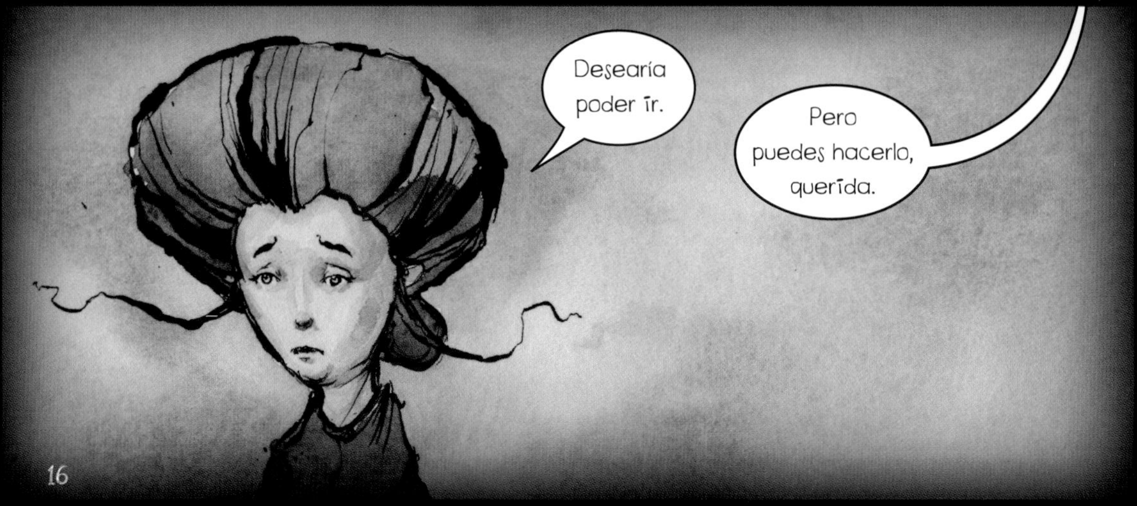
Desearía poder ir.
Pero puedes hacerlo, querida.

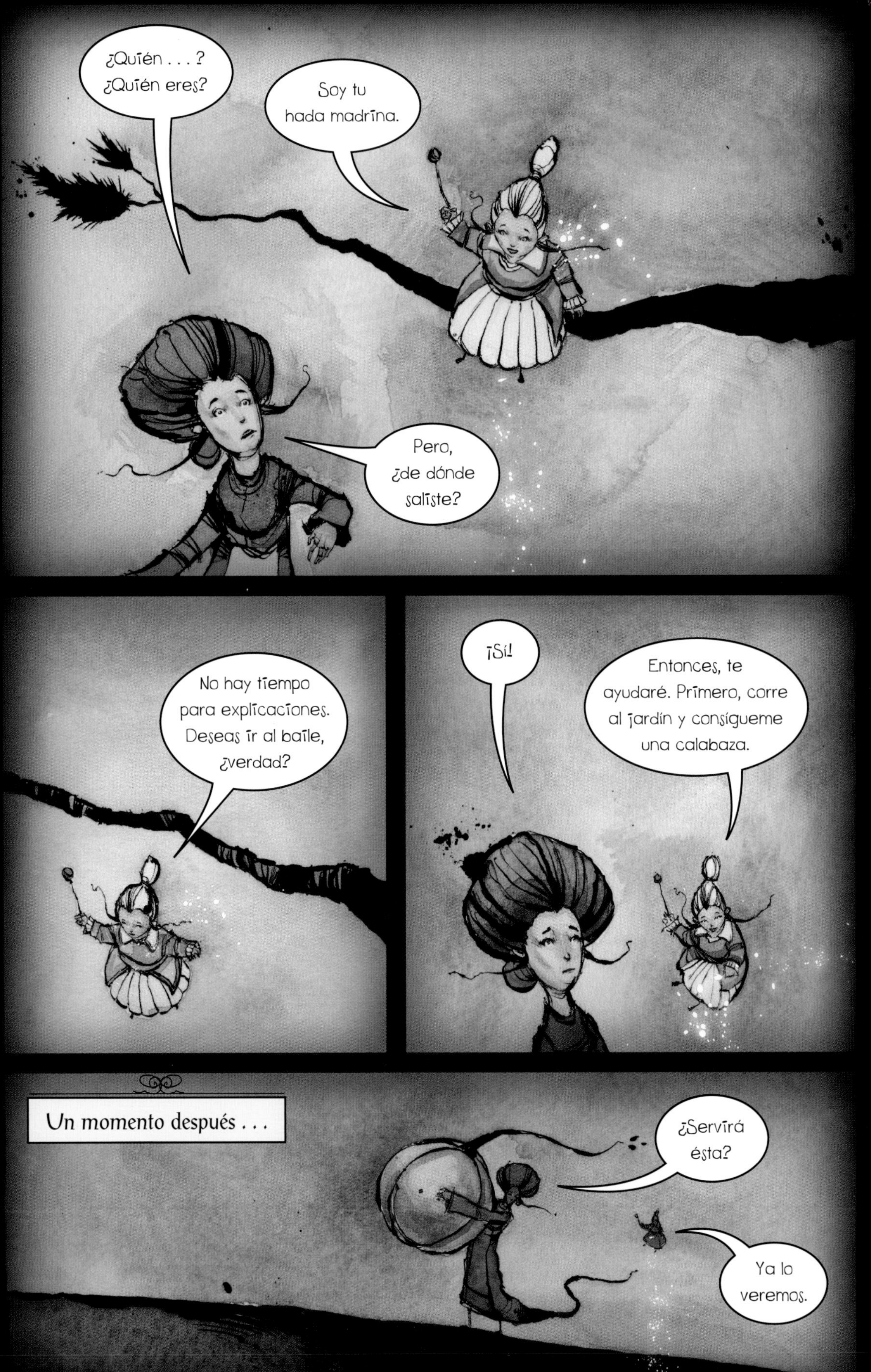
¿Quién . . . ?
¿Quién eres?
Soy tu hada madrina.
Pero, ¿de dónde saliste?
No hay tiempo para explicaciones. Deseas ir al baile, ¿verdad?
¡Sí!
Entonces, te ayudaré. Primero, corre al jardín y consígueme una calabaza.
Un momento después . . .
¿Servirá ésta?
Ya lo veremos.

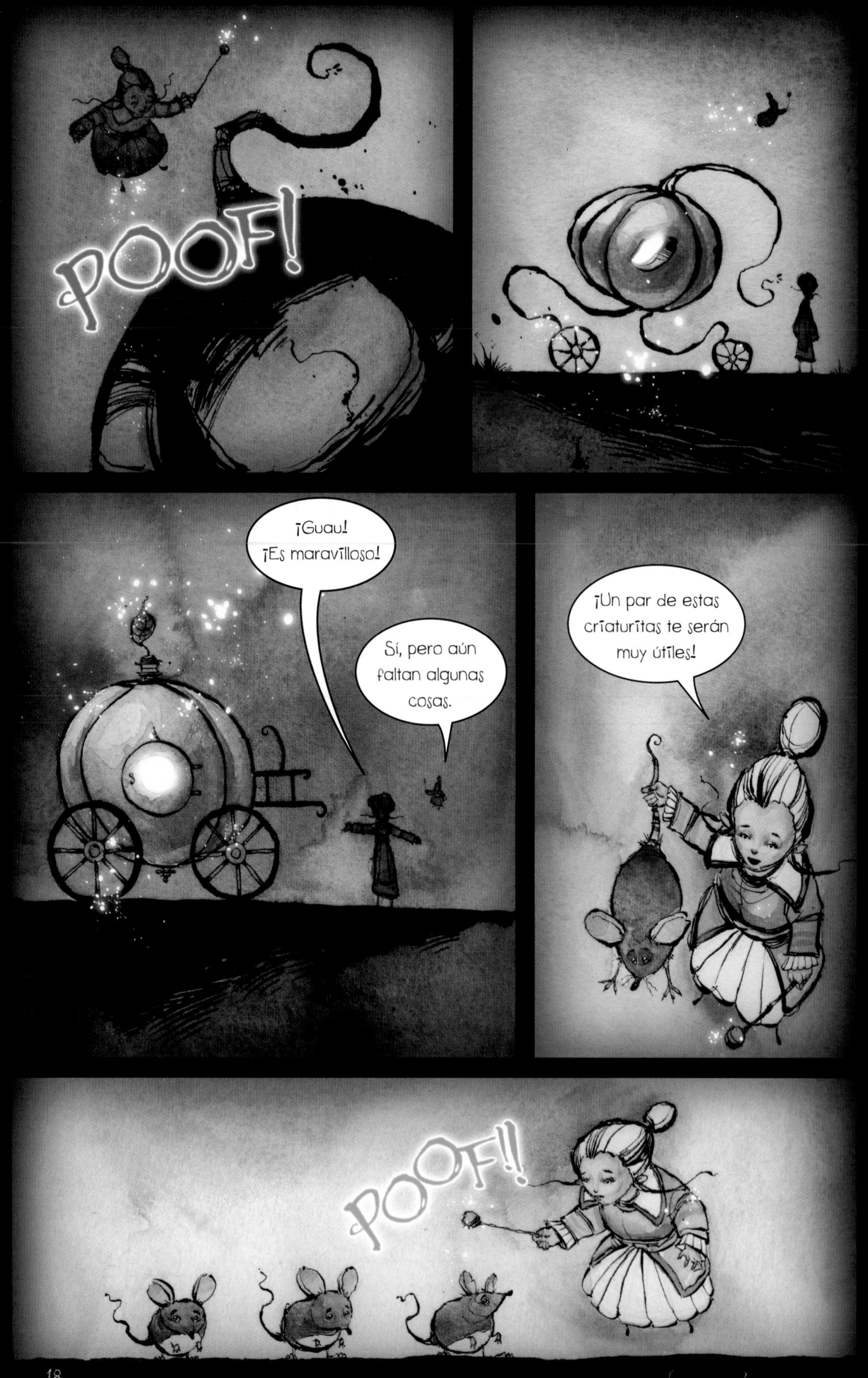
POOF!
¡Guau!
¡Es maravilloso!
Sí, pero aún faltan algunas cosas.
¡Un par de estas criaturitas te serán muy útiles!
POOF!!

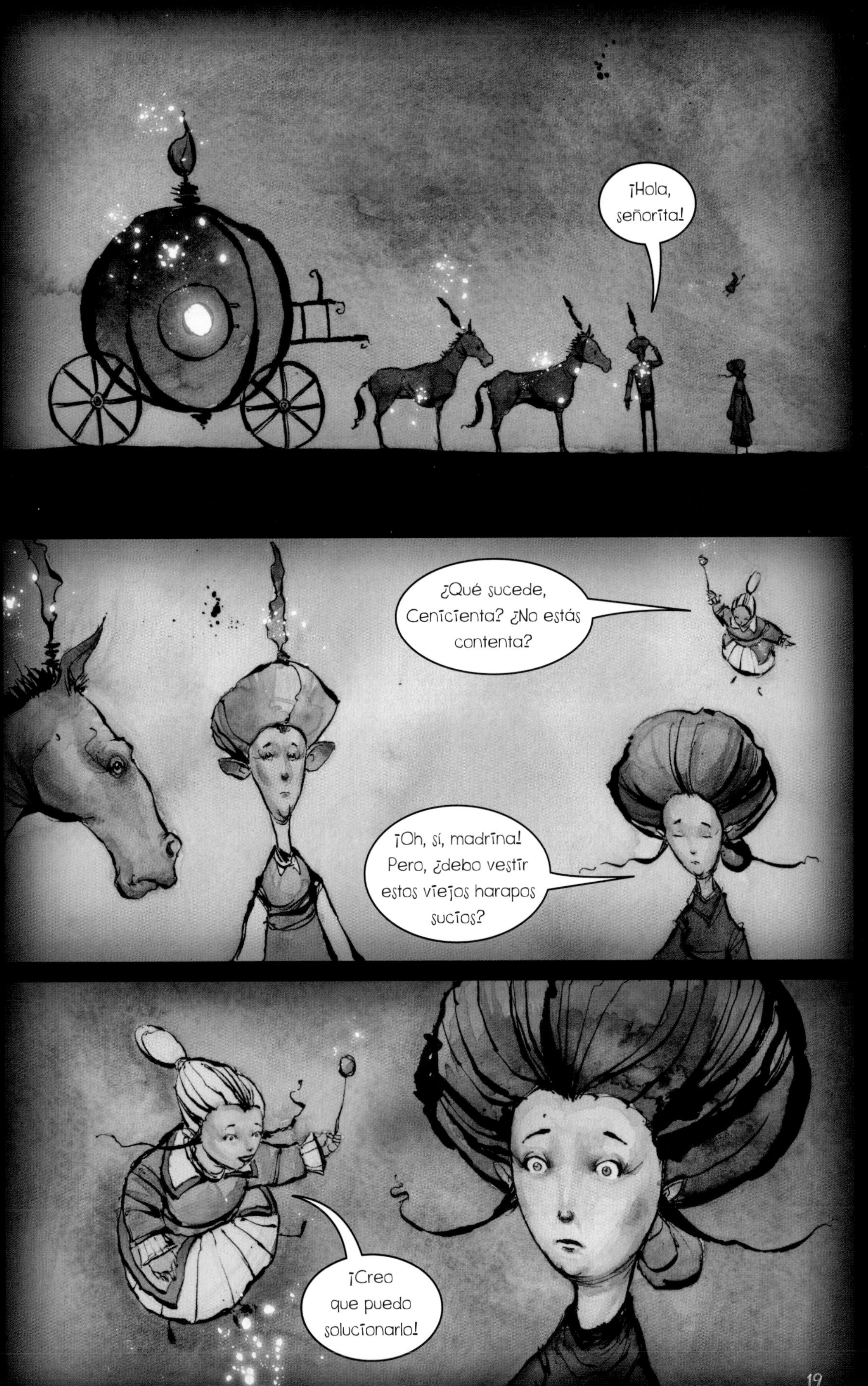
¡Hola, señorita!
¿Qué sucede, Cenicienta? ¿No estás contenta?
¡Oh, sí, madrina! Pero, ¿debo vestir estos viejos harapos sucios?
¡Creo que puedo solucionarlo!

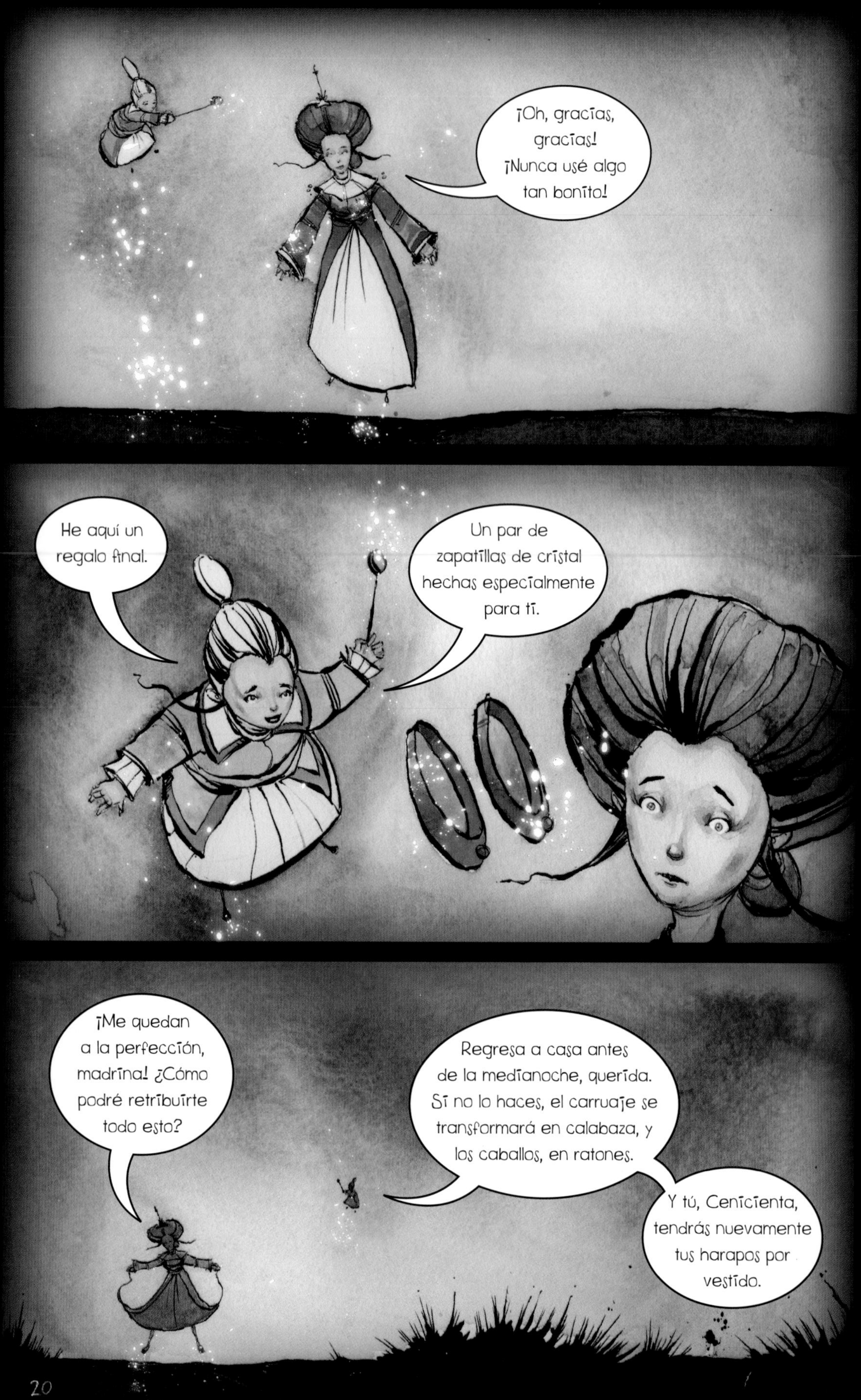
¡Oh, gracias, gracias! ¡Nunca usé algo tan bonito!
He aquí un regalo final.
Un par de zapatillas de cristal hechas especialmente para ti.
¡Me quedan a la perfección, madrina! ¿Cómo podré retribuirte todo esto?
Regresa a casa antes de la medianoche, querida. Si no lo haces, el carruaje se transformará en calabaza, y los caballos, en ratones.
Y tú, Cenicienta, tendrás nuevamente tus harapos por vestido.

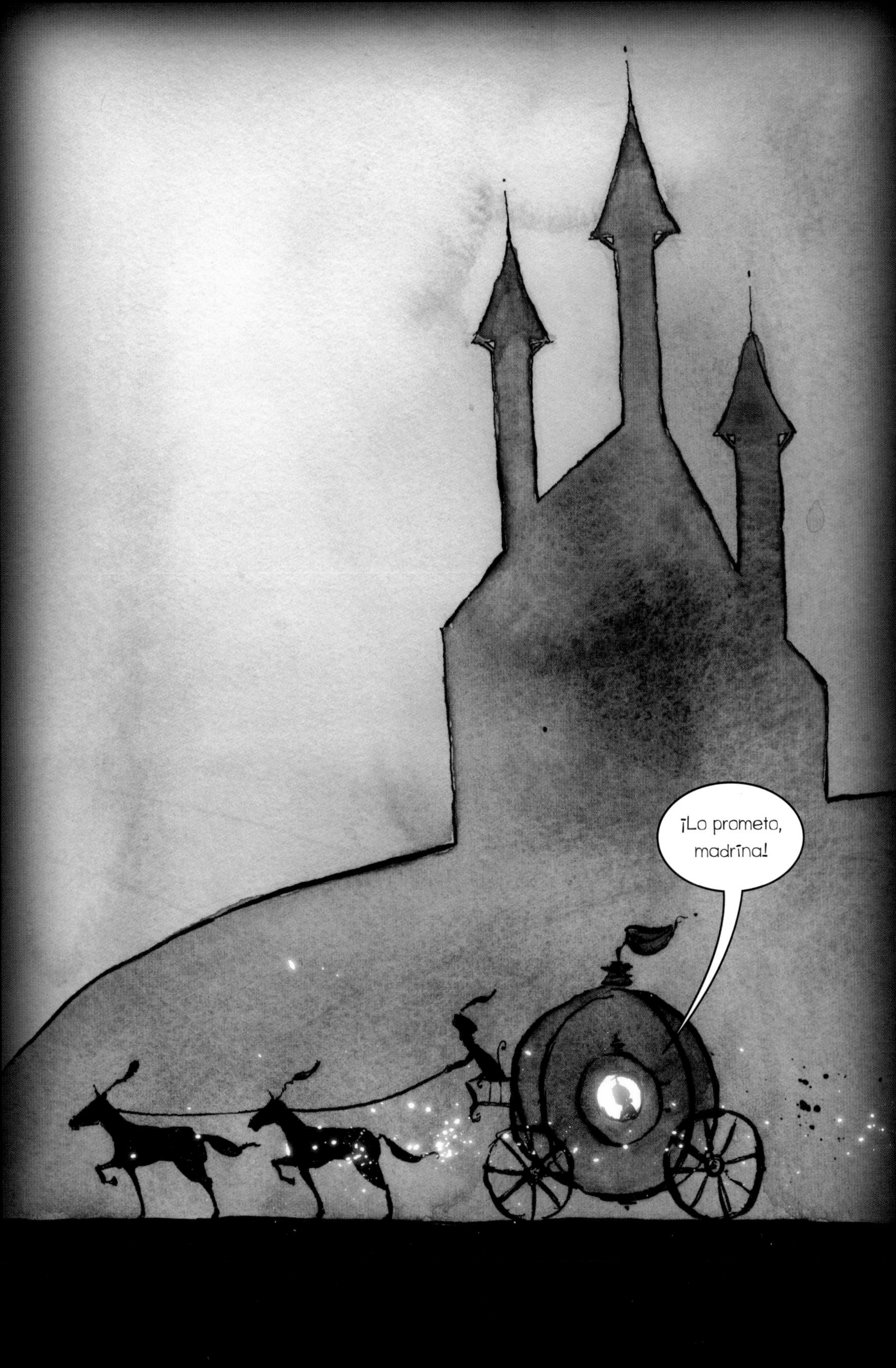
¡Lo prometo, madrina!

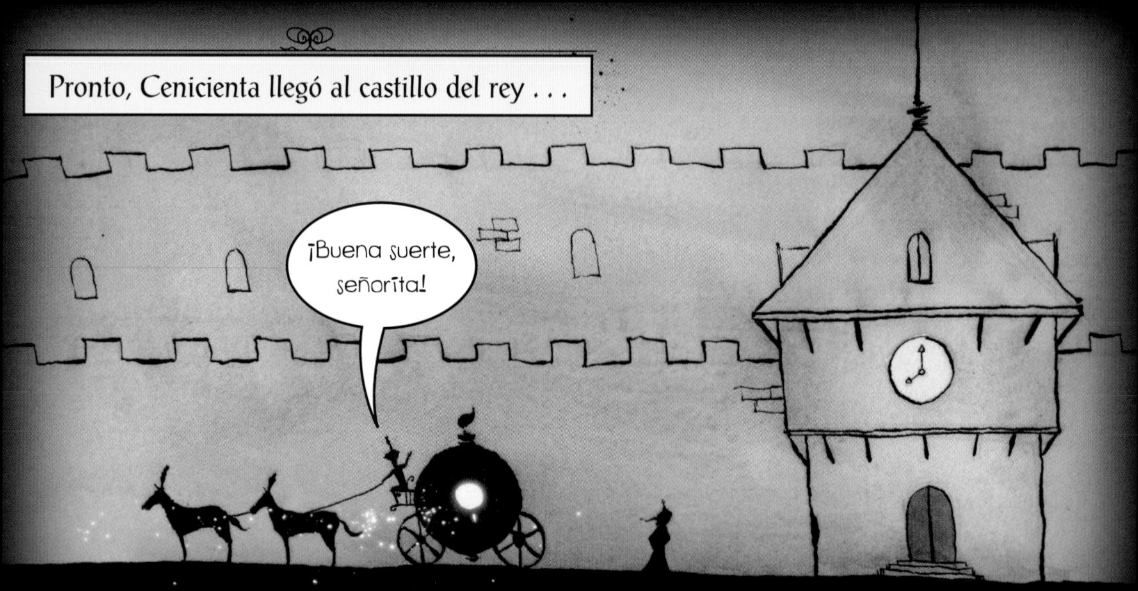
Pronto, Cenicienta llegó al castillo del rey . . .
¡Buena suerte, señorita!

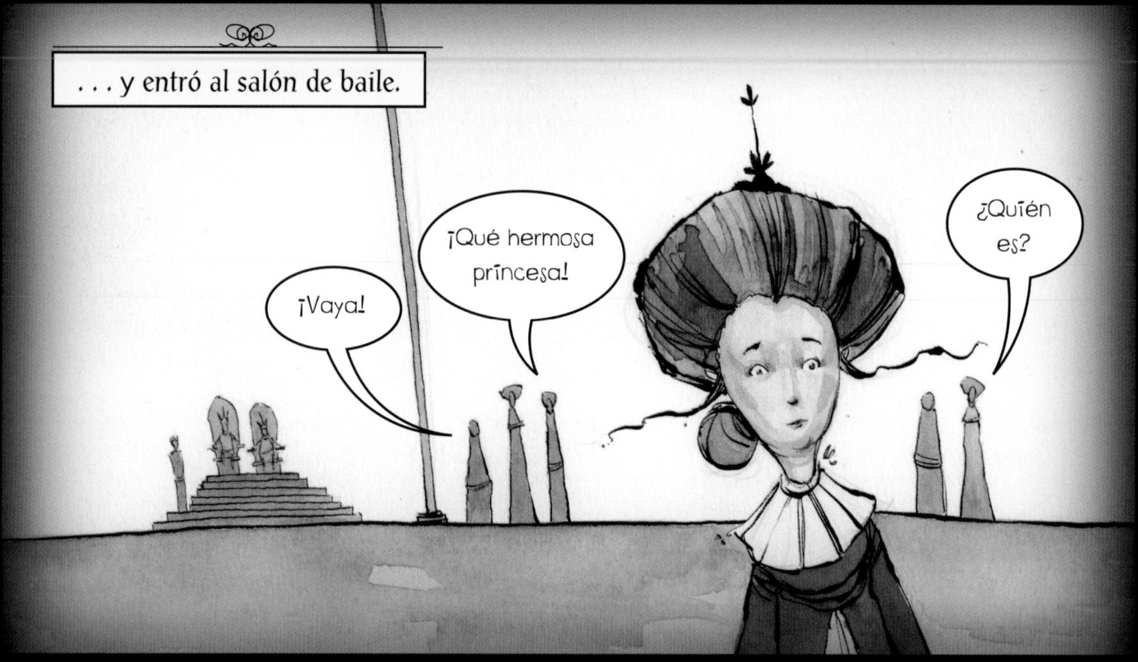
. . . y entró al salón de baile.
¡Vaya!
¡Qué hermosa princesa!
¿Quién es?

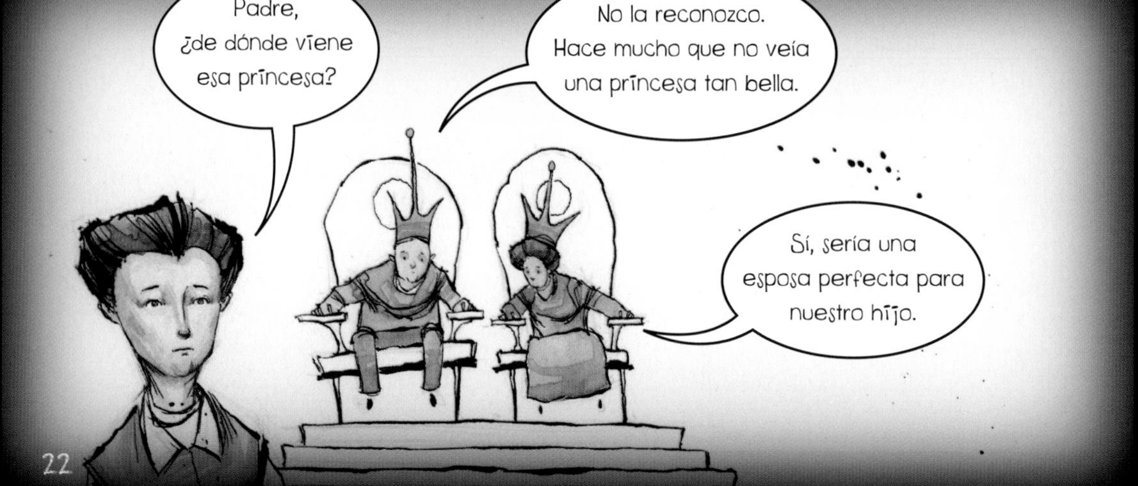
Padre, ¿de dónde viene esa princesa?
No la reconozco. Hace mucho que no veía una princesa tan bella.
Sí, sería una esposa perfecta para nuestro hijo.

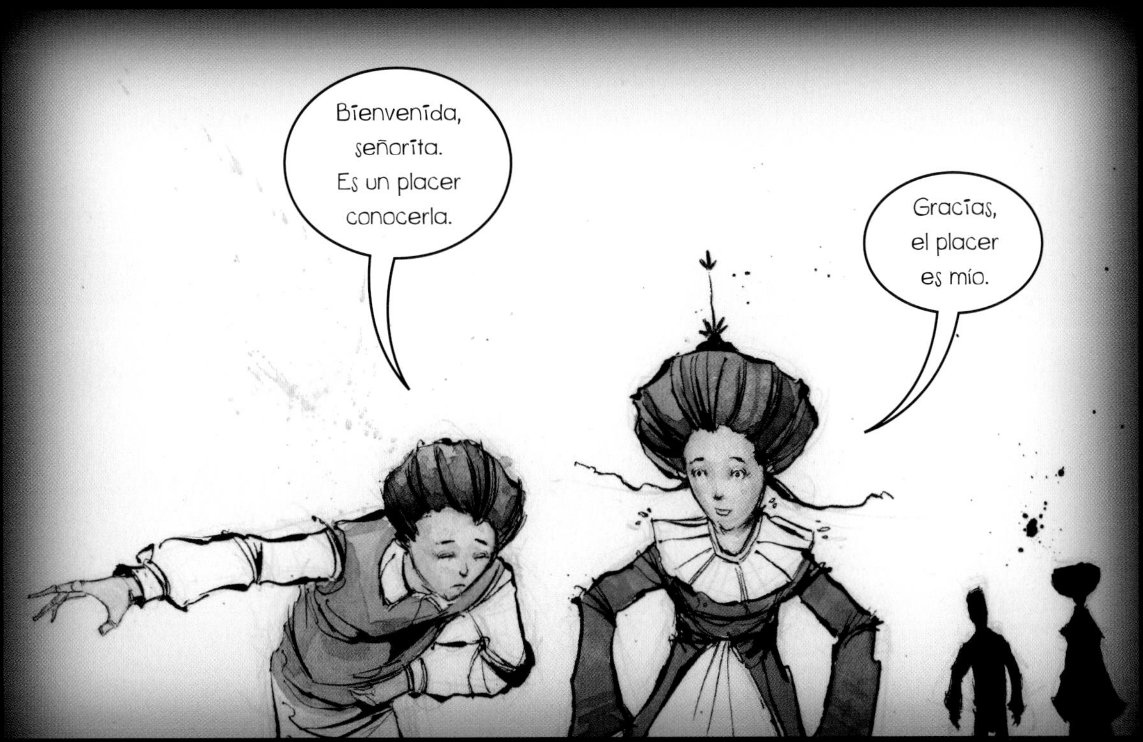
Bienvenida, señorita. Es un placer conocerla.
Gracias, el placer es mío.

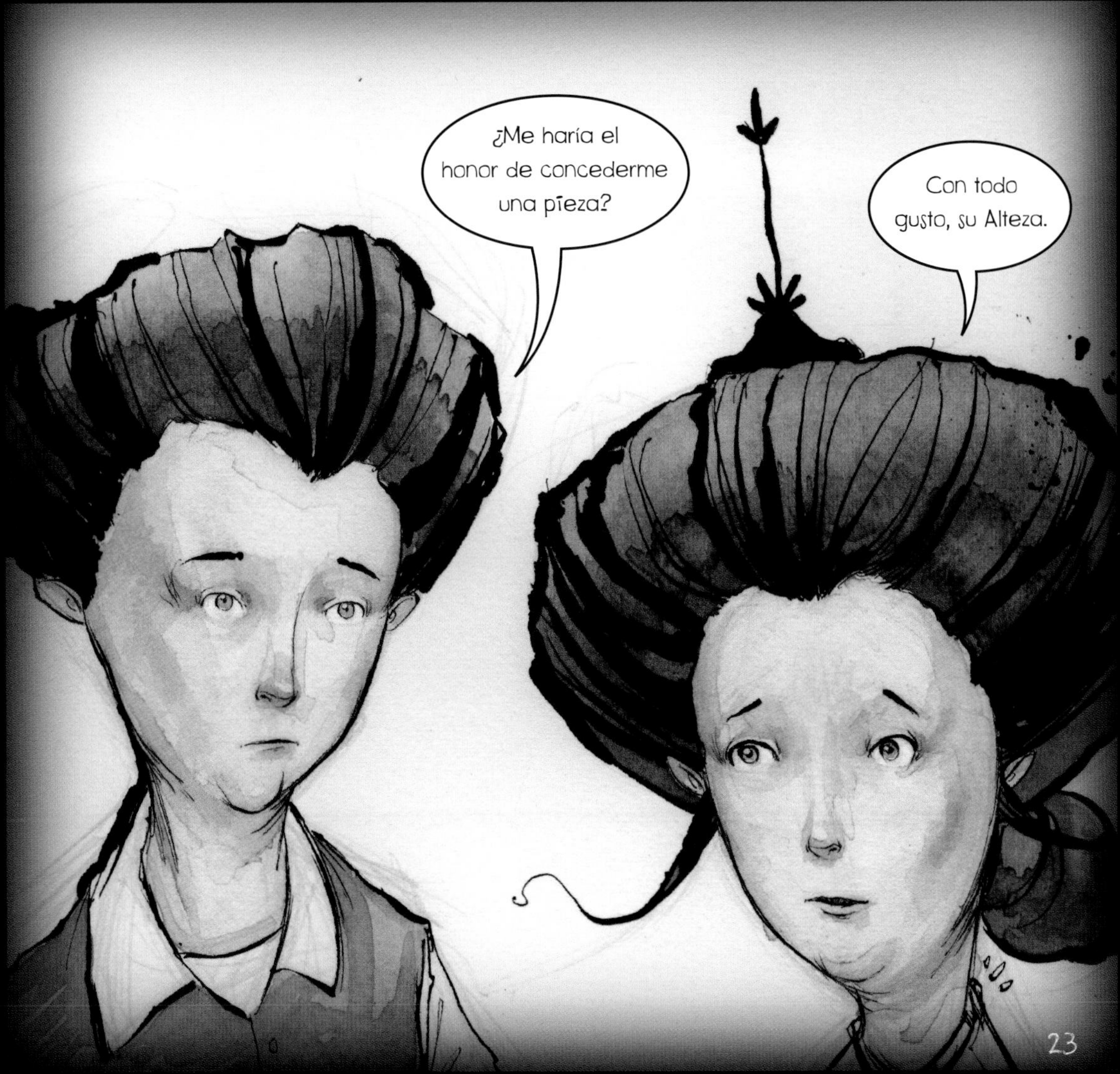
¿Me haría el honor de concederme una pieza?
Con todo gusto, su Alteza.

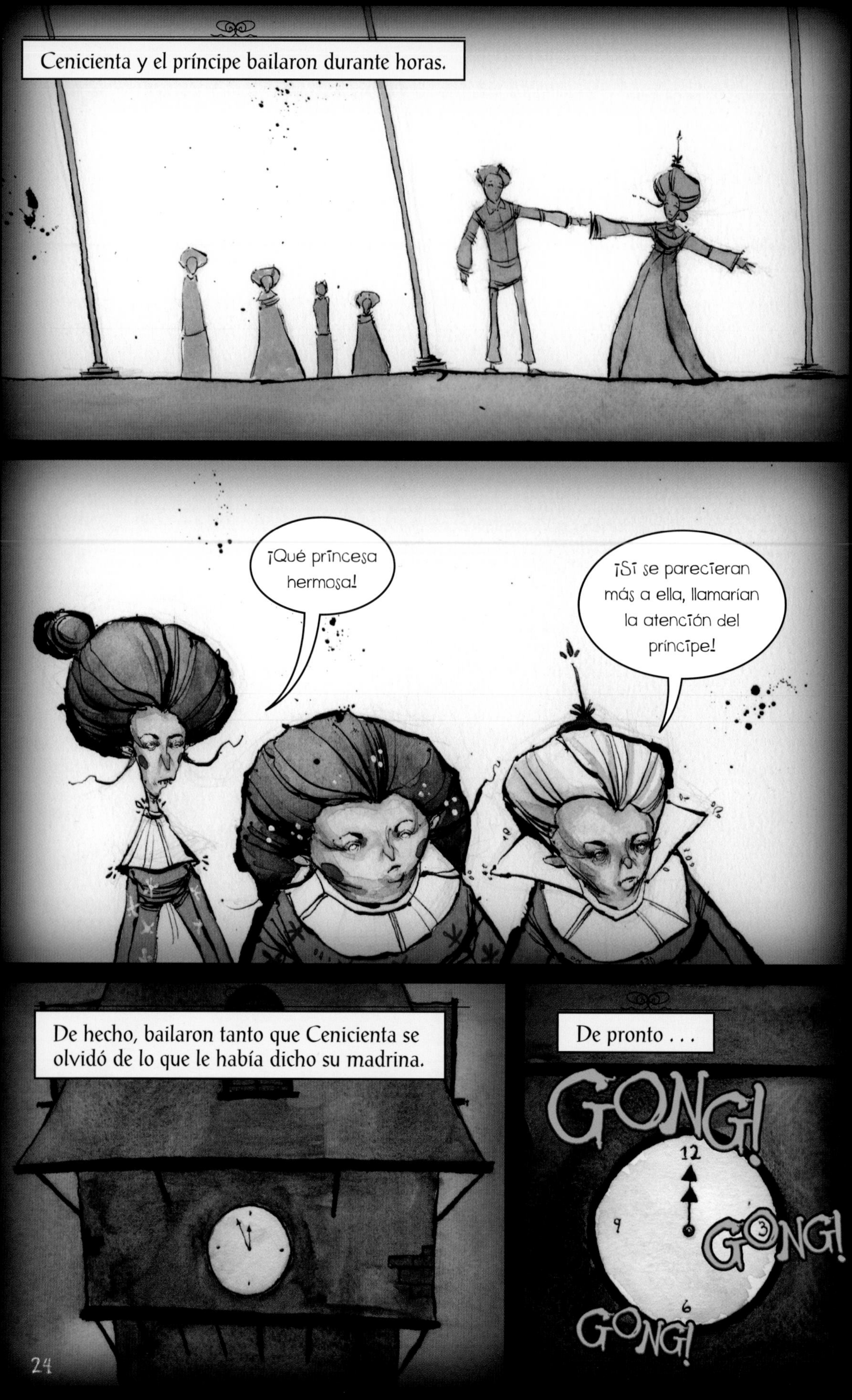
Cenicienta y el príncipe bailaron durante horas.
¡Qué príncesa hermosa!
¡Sí se parecieran más a ella, llamarían la atención del príncipe!
De hecho, bailaron tanto que Cenicienta se olvidó de lo que le había dicho su madrina.
De pronto . . .
GONG!
12
9
3
6
GONG!
GONG!

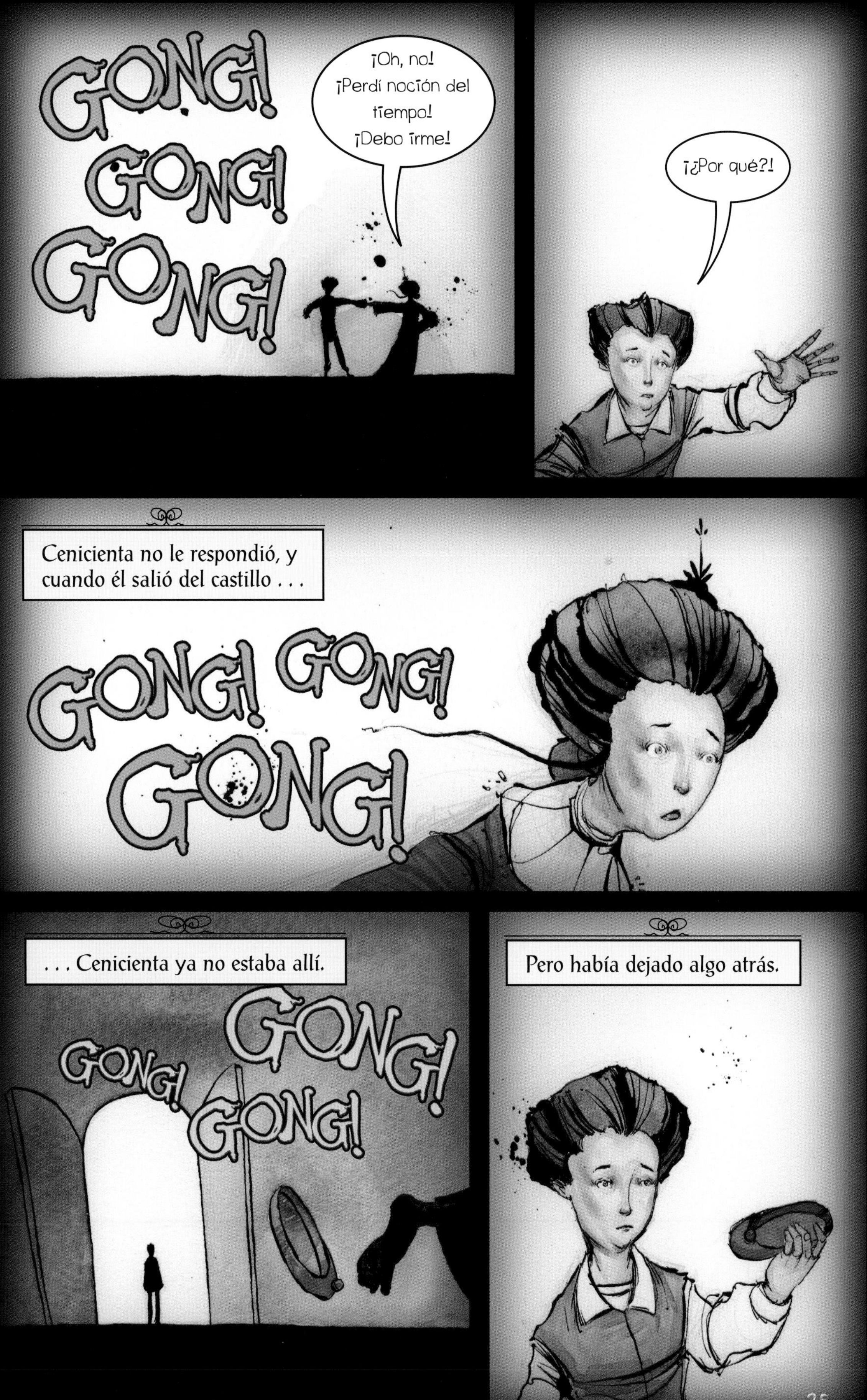
GONG! GONG! GONG!
¡Oh, no! ¡Perdí noción del tiempo! ¡Debo irme!
¡¿Por qué?!
Cenicienta no le respondió, y cuando él salió del castillo . . .
GONG! GONG! GONG!
. . . Cenicienta ya no estaba allí.
GONG! GONG! GONG!
Pero había dejado algo atrás.

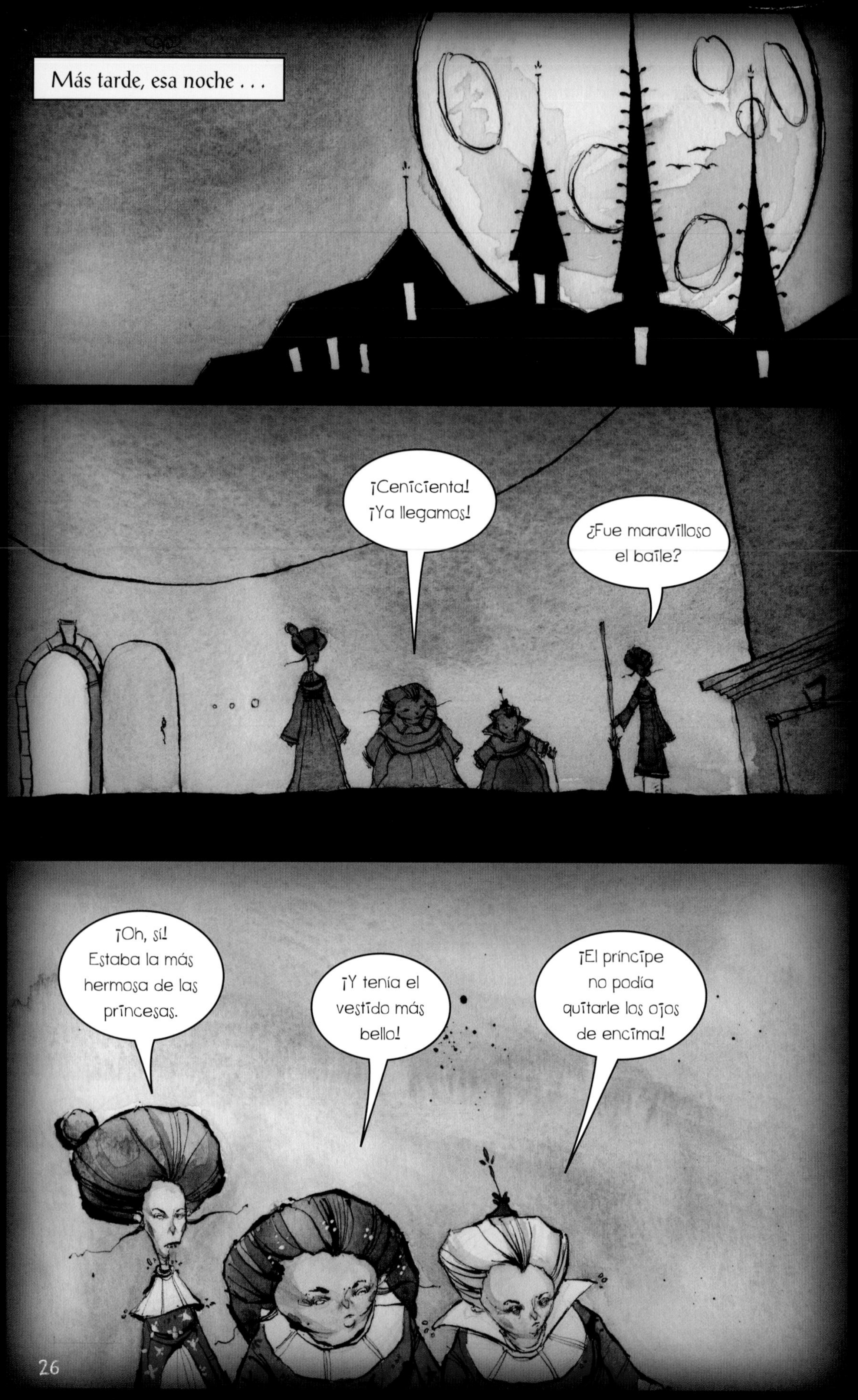

Más tarde, esa noche . . .
¡Cenicienta! ¡Ya llegamos!
¿Fue maravilloso el baile?
¡Oh, sí! Estaba la más hermosa de las princesas.
¡Y tenía el vestido más bello!
¡El príncipe no podía quitarle los ojos de encima!

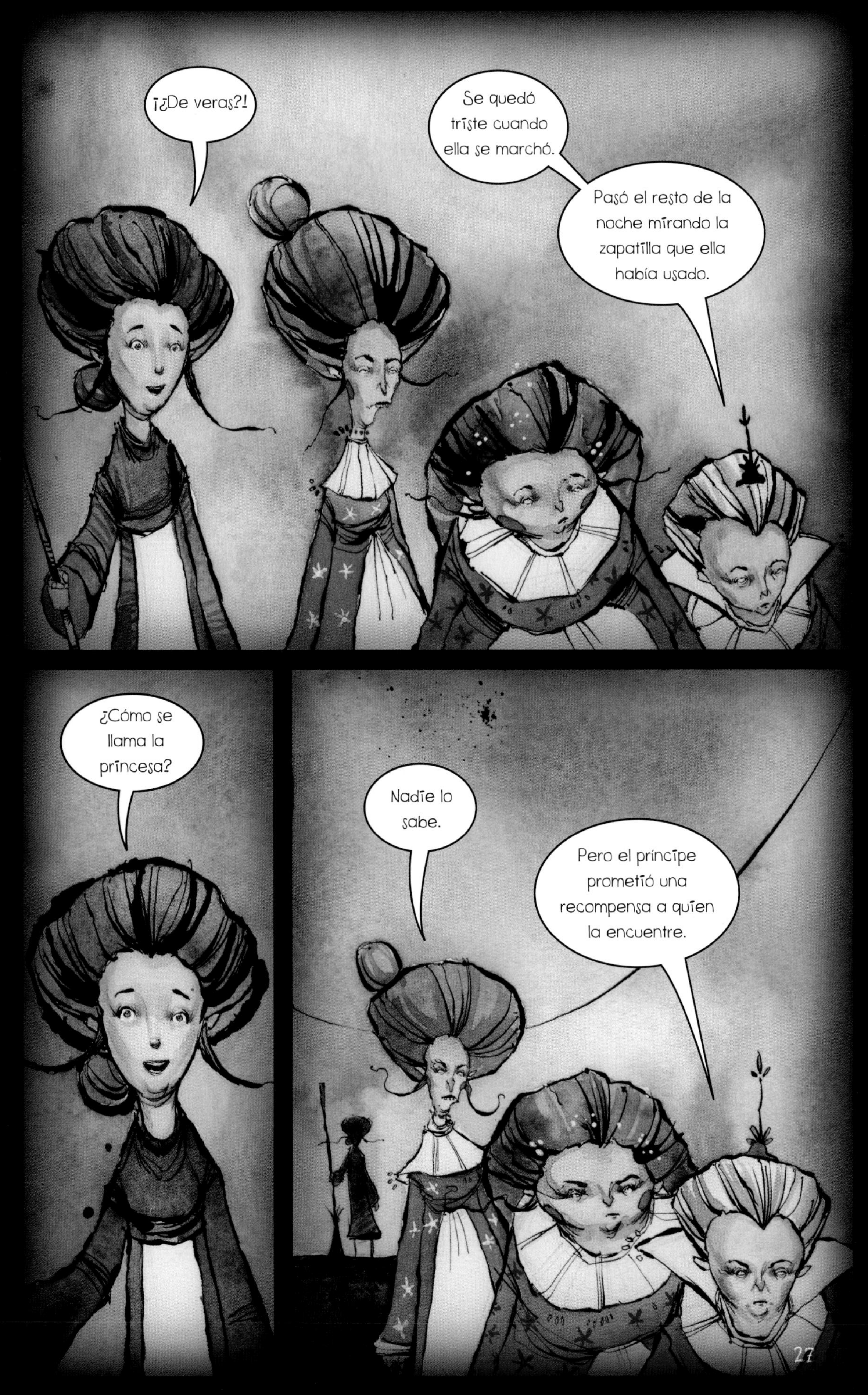
¡¿De veras?!
Se quedó triste cuando ella se marchó.
Pasó el resto de la noche mirando la zapatilla que ella había usado.
¿Cómo se llama la princesa?
Nadie lo sabe.
Pero el príncipe prometió una recompensa a quien la encuentre.

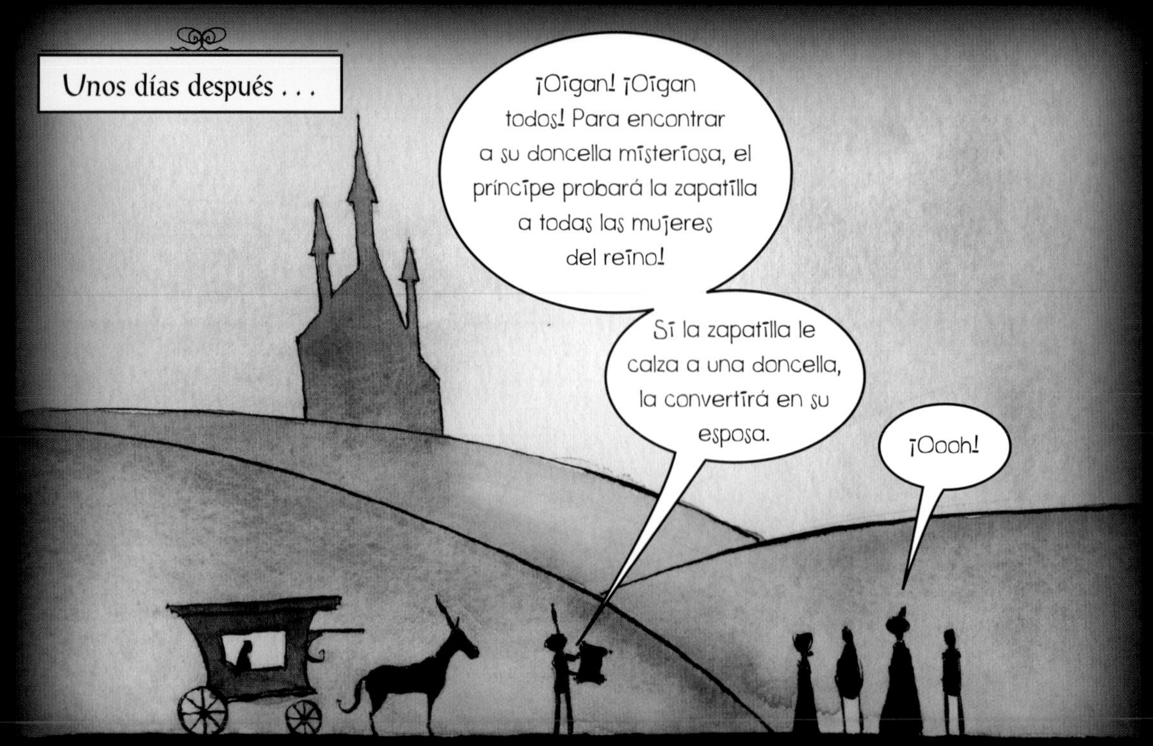
Unos días después . . .
¡Oigan! ¡Oigan todos! Para encontrar a su doncella misteriosa, el príncipe probará la zapatilla a todas las mujeres del reino!
Si la zapatilla le calza a una doncella, la convertirá en su esposa.
¡Oooh!

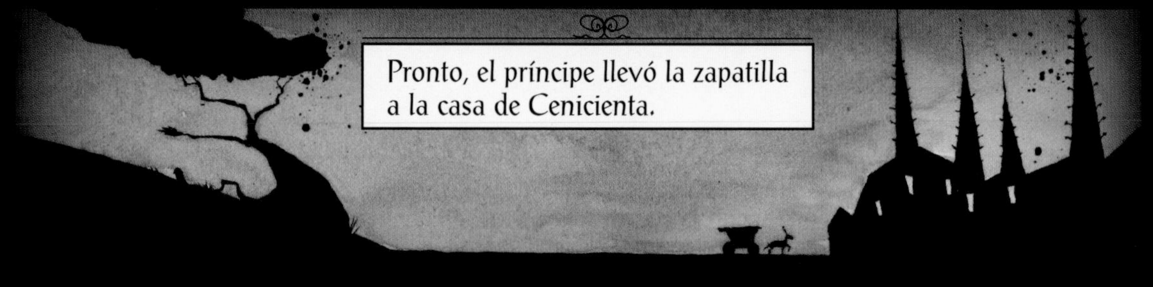
Pronto, el príncipe llevó la zapatilla a la casa de Cenicienta.

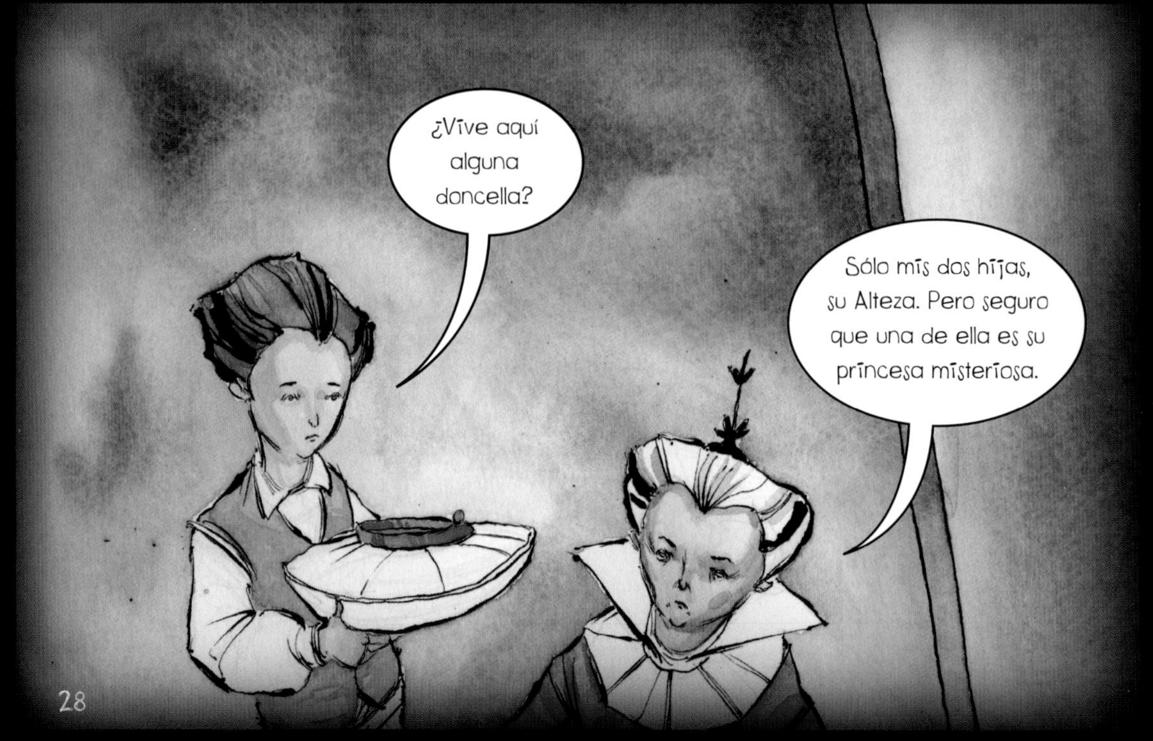
¿Vive aquí alguna doncella?
Sólo mis dos hijas, su Alteza. Pero seguro que una de ella es su princesa misteriosa.

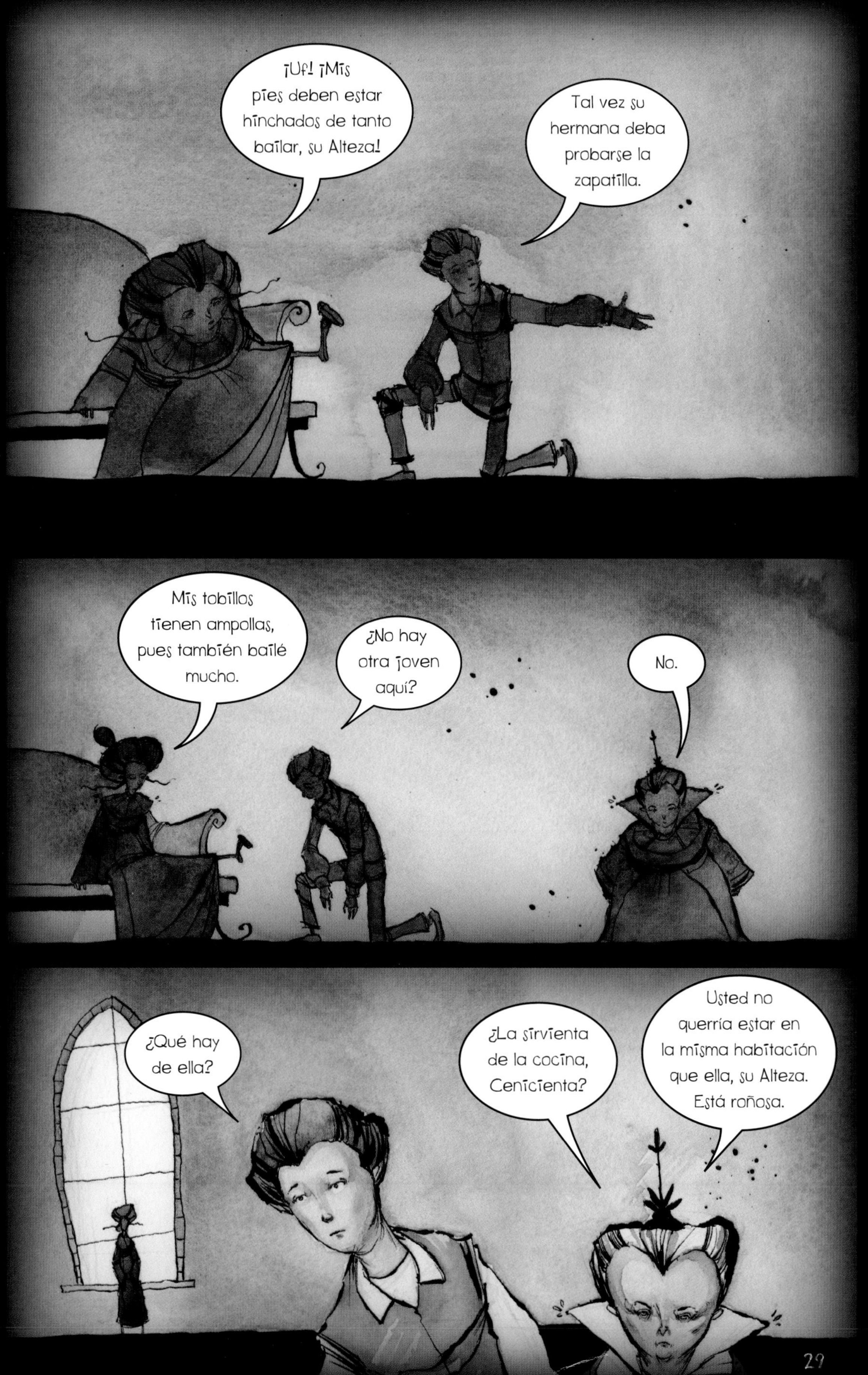
¡Uf! ¡Mis pies deben estar hinchados de tanto bailar, su Alteza!
Tal vez su hermana deba probarse la zapatilla.
Mis tobillos tienen ampollas, pues también bailé mucho.
¿No hay otra joven aquí?
No.
¿Qué hay de ella?
¿La sirvienta de la cocina, Cenicienta?
Usted no querría estar en la misma habitación que ella, su Alteza. Está roñosa.

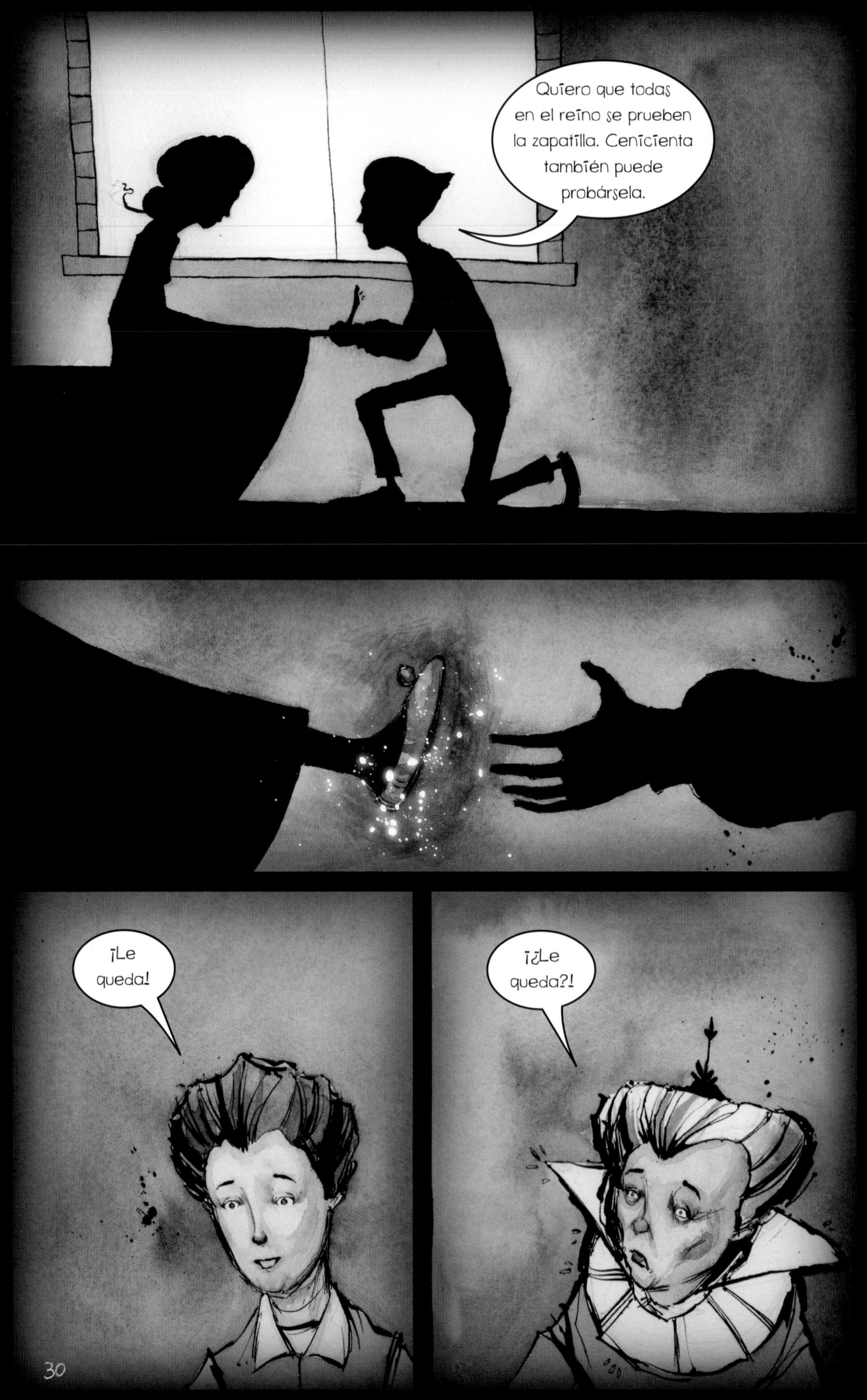
Quiero que todas en el reino se prueben la zapatilla. Cenicienta también puede probársela.
¡Le queda!
¡¿Le queda?!

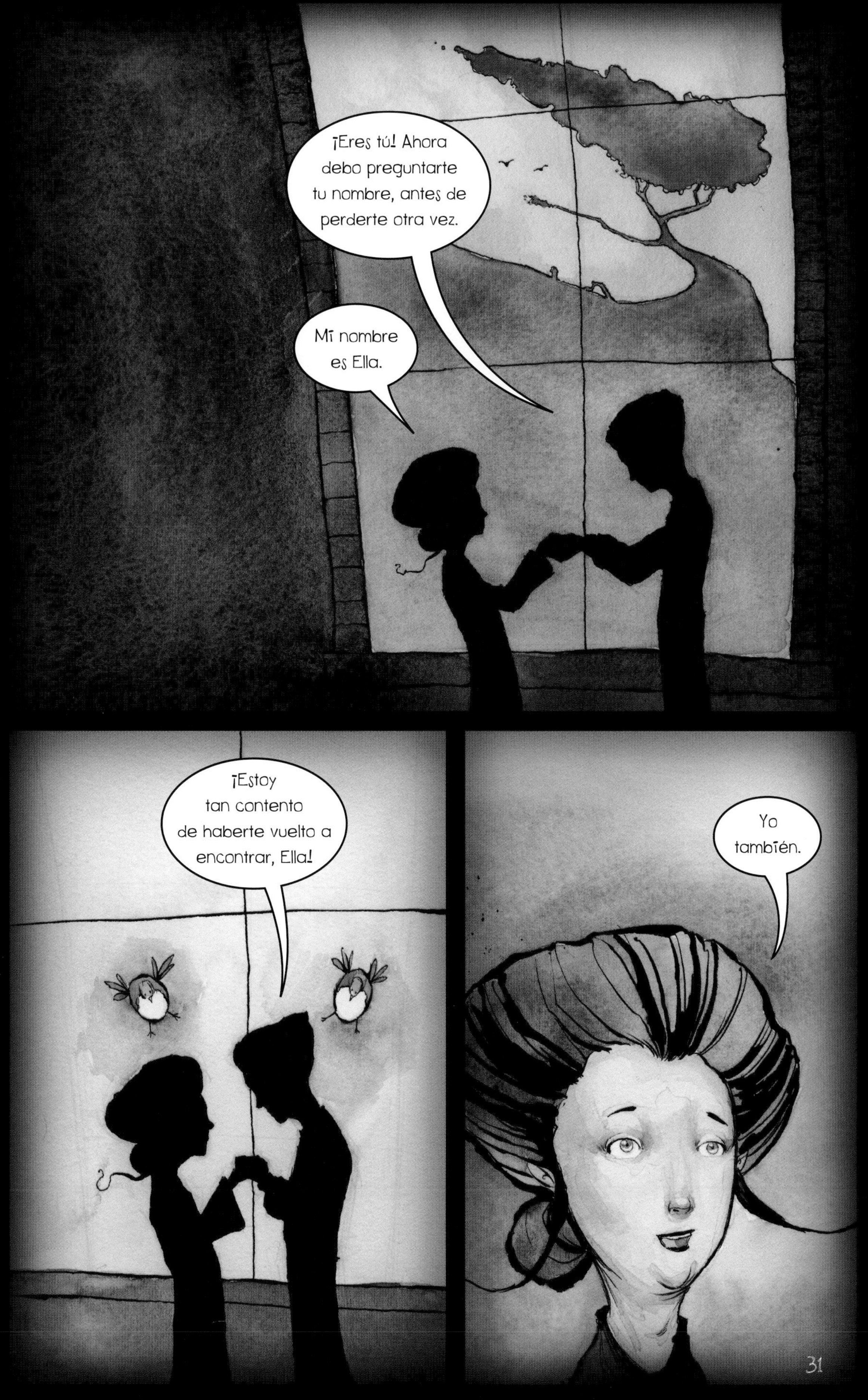
¡Eres tú! Ahora debo preguntarte tu nombre, antes de perderte otra vez.
Mi nombre es Ella.
¡Estoy tan contento de haberte vuelto a encontrar, Ella!
Yo también.

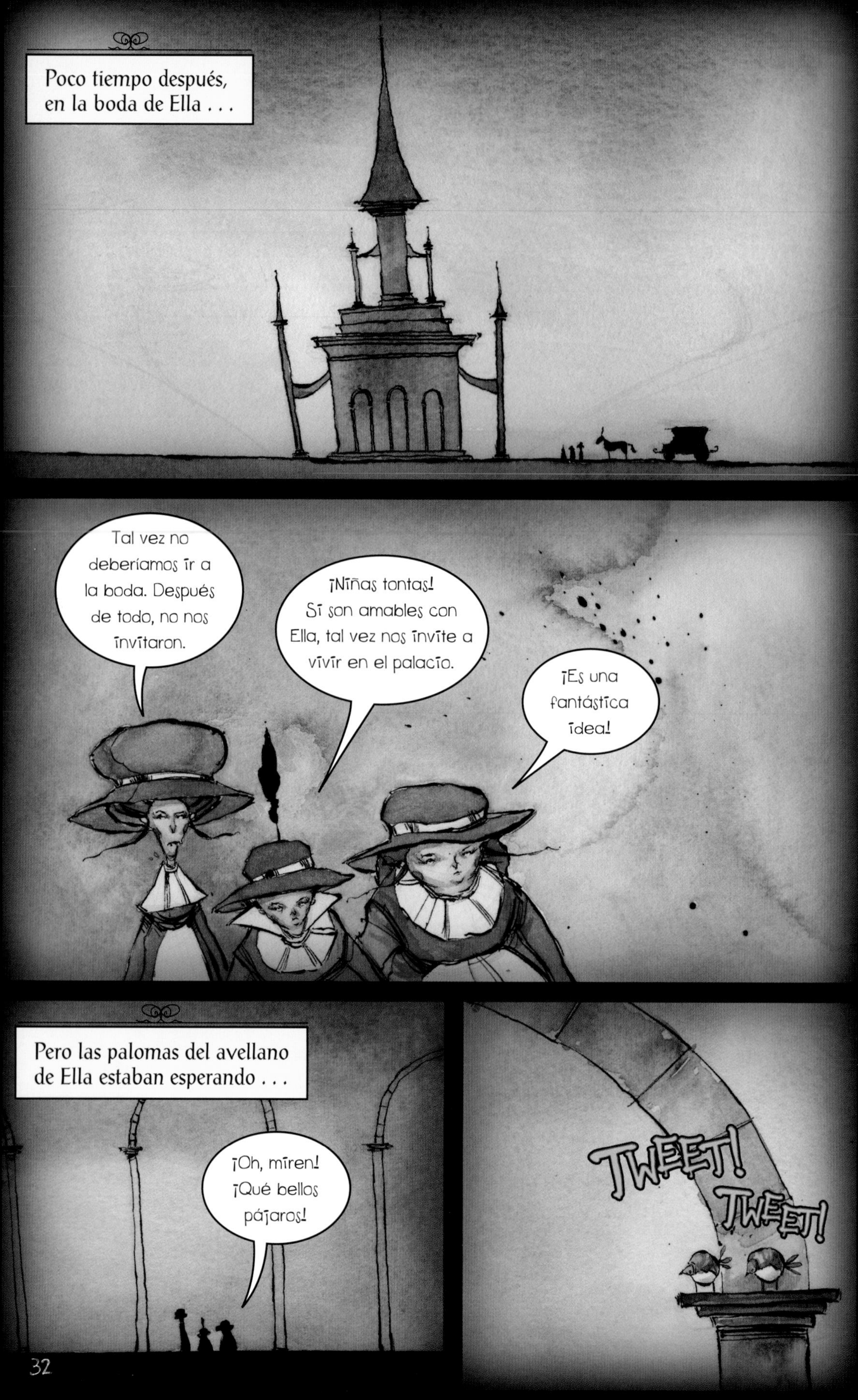
Poco tiempo después, en la boda de Ella . . .
Tal vez no deberíamos ir a la boda. Después de todo, no nos invitaron.
¡Niñas tontas! Si son amables con Ella, tal vez nos invite a vivir en el palacio.
¡Es una fantástica idea!
Pero las palomas del avellano de Ella estaban esperando . . .
¡Oh, miren! ¡Qué bellos pájaros!
TWEET! TWEET!

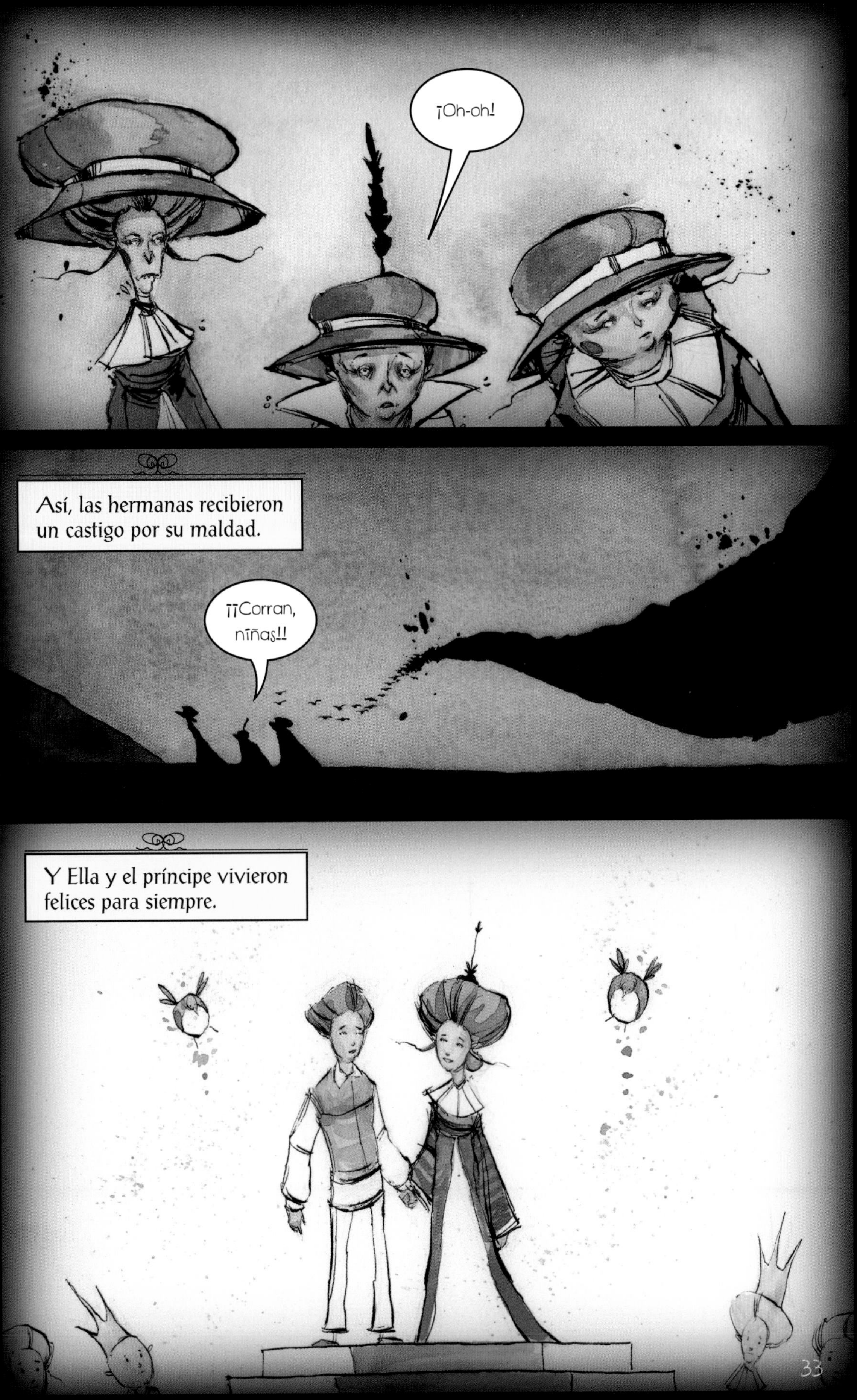
¡Oh-oh!
Así, las hermanas recibieron un castigo por su maldad.
¡¡Corran, niñas!!
Y Ella y el príncipe vivieron felices para siempre.

ACERCA DE LA AUTORA

Beth Bracken es editora de libros infantiles. Vive en St. Paul, Minnesota, con su esposo Steve y su perro Harry, un Jack Russell terrier que se cree un león. Cuando no está leyendo, escribiendo o editando libros, Beth dedica la mayor parte de su tiempo a tejer y mirar repeticiones de viejos programas de TV mientras toma grandes cantidades de té.

ACERCA DEL ILUSTRADOR

Jeffrey Stewart Timmins nació el 2 de julio de 1979. En 2003 se graduó del programa de Animación Clásica de la universidad de Sheridan en Oakville, Ontario. En la actualidad trabaja como diseñador y animador independiente. Si bien ya es un adulto, Timmins aún conserva algunos objetos importantes de su niñez como sus botas de goma, su capa y sus gafas de sol sin cristales.

GLOSARIO

alteza: título que se le da a los miembros de una familia real

avergonzado: que siente vergüenza y culpa

baile: fiesta formal en que la gente baila y se conoce

cenizas: restos de madera o carbón quemados

desagradable: muy repulsivo para los demás

hogar: sitio donde se hace la lumbre en la chimenea

madrina: mujer que protege a un niño desde su nacimiento

mensajero: alguien que entrega mensajes

miserable: triste o infeliz

proclama: anuncio público

señora: modo formal de llamar a una mujer

tórtolas: aves silvestres pequeñas y amigables

vil: malvado o inmoral

LA HISTORIA DE CENICIENTA

El cuento de Cenicienta se contó durante cientos de años en más de mil formas diferentes. De hecho, la versión más antigua que se conoce data de alrededor del año 860. ¡Hace más de 1100 años! Apareció en un libro chino de leyendas llamado *Bocados misceláneos de Youyang*. El autor, Tuan Ch'eng-Shih, tituló a su cuento "Ye Xian". Si bien el título era diferente, muchas partes eran iguales a las de las versiones actuales de Cenicienta, incluidas la malvada madrastra y un par de zapatillas doradas.

Muchos años más tarde, la historia de Cenicienta se seguía contando. La historia se transmitía de manera oral, de persona en persona; es decir, sin registrarla por escrito. En 1634, el italiano Giambattista Basile finalmente volvió a registrar el cuento en su libro *El cuento de los cuentos*. Muchos creen que el libro de Basile inspiró algunas de las versiones más populares de Cenicienta.

En 1697, el francés Charles Perrault basó su versión en la obra de Basile. Sin embargo, Perrault le agregó un toque propio al cuento: Introdujo al hada madrina y agregó el carruaje de calabaza y algunos animales. También hizo que las famosas zapatillas fueran de cristal y no de oro.

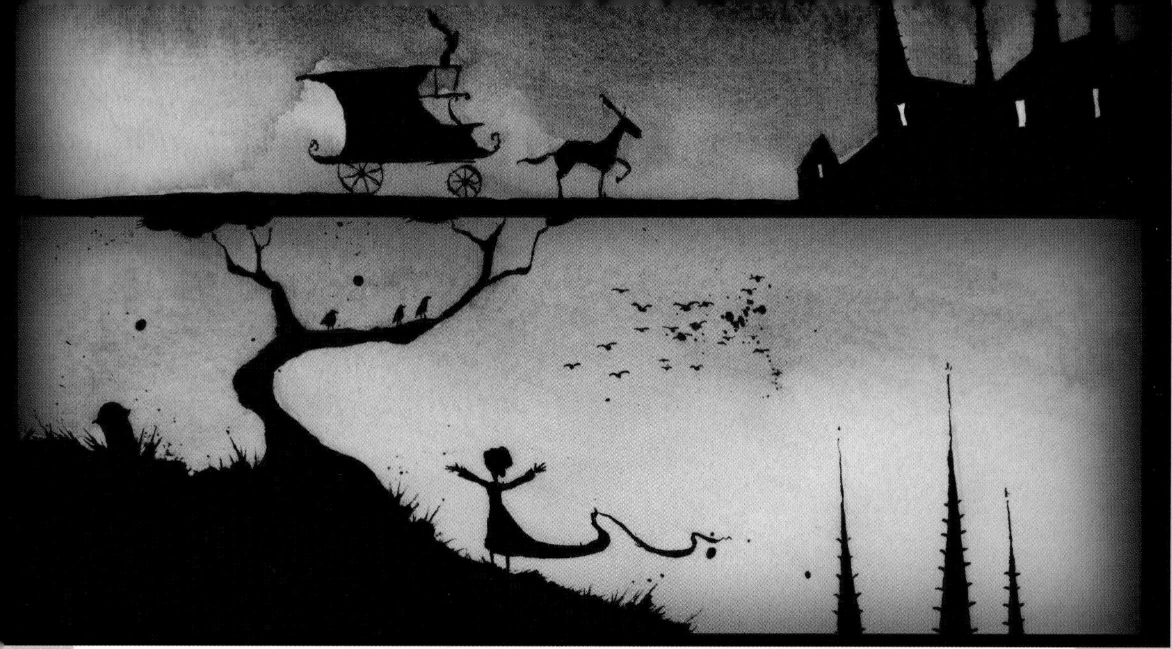

A comienzos del siglo XIX, los hermanos Jacob y Wilhelm Grimm, dos famosos escritores de cuentos de hadas, crearon otra versión. Llamaron a su historia "Aschenputtel" o "Niña de las cenizas". En su cuento, las hermanastras reciben un castigo por ser malvadas con Cenicienta. Al terminar el cuento, ¡unas palomas les arrancan los ojos a picotazos!

De las numerosas versiones, la Cenicienta de Disney es una de las más famosas. Cenicienta, estrenada en cines el 15 de febrero de 1950, rápidamente se convirtió en una de las películas más taquilleras de ese año y ha inspirado aún más versiones de este famoso cuento.

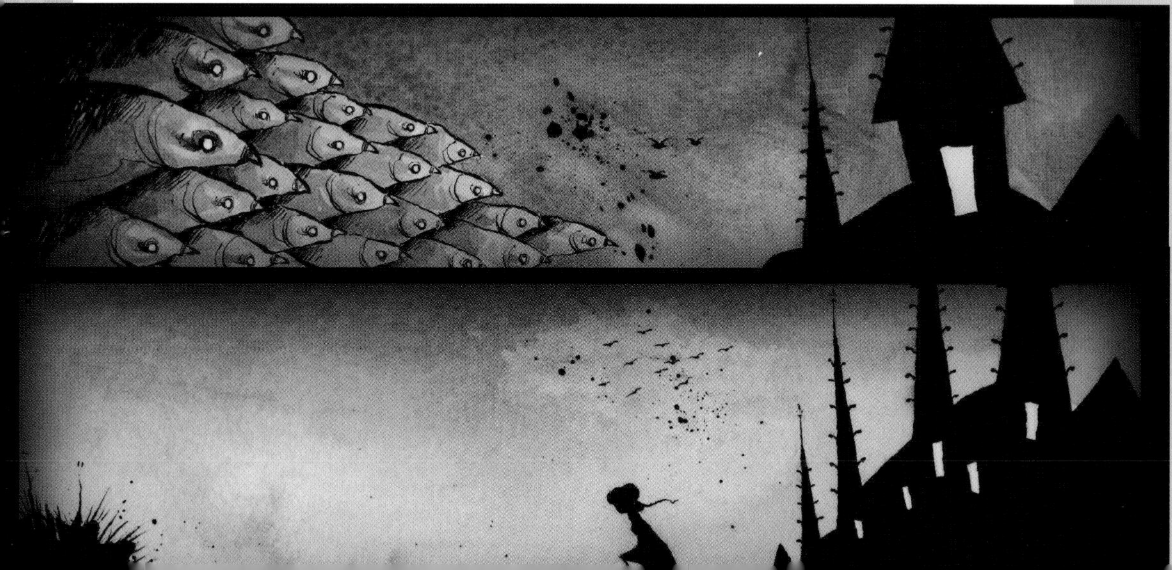

PREGUNTAS PARA DEBATIR

1. ¿Por qué no le importó al príncipe que Cenicienta estuviera polvorienta y sucia? ¿Qué te dice su reacción sobre su personaje?

2. Cada página de una novela gráfica tiene diversas ilustraciones llamadas paneles. ¿Cuál es tu panel preferido del libro? Describe qué te gusta de esa ilustración y por qué es tu favorita.

3. Con frecuencia los cuentos de hadas se cuentan una y otra vez. ¿Habías escuchado el cuento de Cenicienta antes? ¿En qué se diferencia esta versión del cuento de las otras versiones que escuchaste, viste o leíste?

CONSIGNAS DE REDACCIÓN

1. Los cuentos de hadas son historias de fantasía que a menudo tratan sobre magos, duendes, gigantes y hadas. La mayoría de los cuentos de hadas tienen finales felices. Escribe tu propio cuento de hadas. Luego, léeselo a un amigo o a alguien de tu familia.

2. Haz de cuenta que tienes un hada madrina que puede concederte tres deseos. ¿Qué tres cosas pedirías y por qué?

3. Escribe tu propia versión de Cenicienta y utiliza personas que conozcas como los personajes. ¿Quién sería el hada madrina? ¿Quiénes serían las hermanastras malvadas? ¡Hasta puedes convertirte a ti mismo en uno de los personajes!